オッド博士のマッド・コレクションズ

Dr.Odd's mad collections

最合のぼる 著

Dollhouse Noah 写真

アトリエサード

#01

#02

#03

#04

#05

#06

Contents

絵　黒木こずゑ
装幀・レイアウト　最合のぼる

#00
Who is Dr. Odd?

通称《ドクター・オッド》——あるところに、細身の体に大きすぎる白衣を引っかけ、銀縁の丸眼鏡をかけた如何にもという風貌の博士がいました。酷いくせっ毛を気にしているのか、いつも左の指先で髪をクルクル丸めたり引っ張ったりしています。けっして若者という年齢ではありませんが、老人と呼ぶには早過ぎます。一見、人当たりの良さそうな紳士に見えますが、本当のところはどうなのでしょう。何しろ多くのことが謎に包まれていたのです。

科学者であることは間違いないのですが、専門分野は不明。したがって何を研究しているのか、もしくは誰に頼まれてやっているのか、つまり研究資金はどこから出ているのかも不明。実験室の煙突から紫色の煙が立ち上ったとか、夜中に窓から閃光が放たれたとかの目撃情報はありますが、具体的にどんな実験をしているのかも不明。この地に居つく前はどこで何をしていたのか、経歴どころか生まれも家族のことも、生年月日も血液型も、彼の本名さえ誰も知らなかったのです。

しかしわかっていることも少しはありました（カッコ内は本人談）。第一に、博士に作れないモノはないということ（天才だから）。第二に、博士は女性、特に美女美少女に大変モテるということ（天才だから）。

そしてもう一つ、ドクター・オッドは天才を自負していますが——、

Dr.Odd's mad collections #01

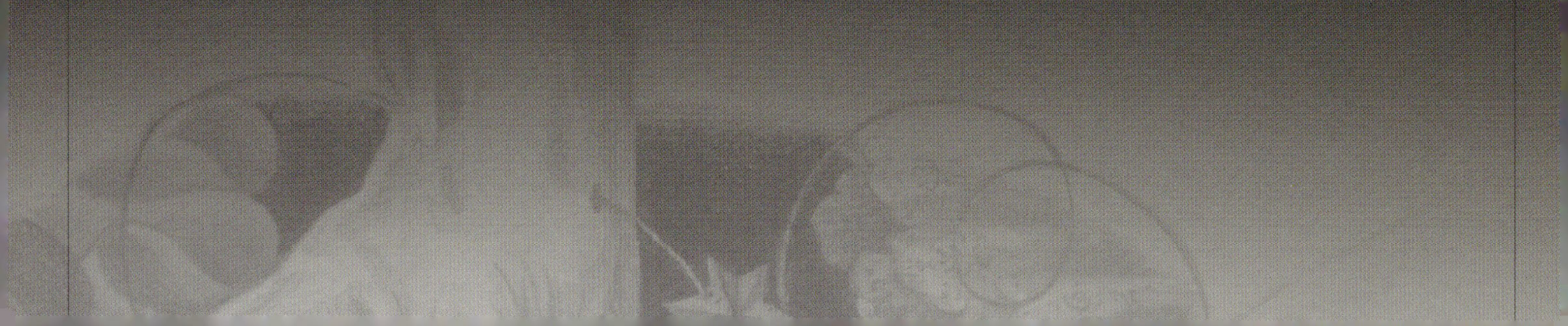

彼女に一番似合う服

Model：Nananano

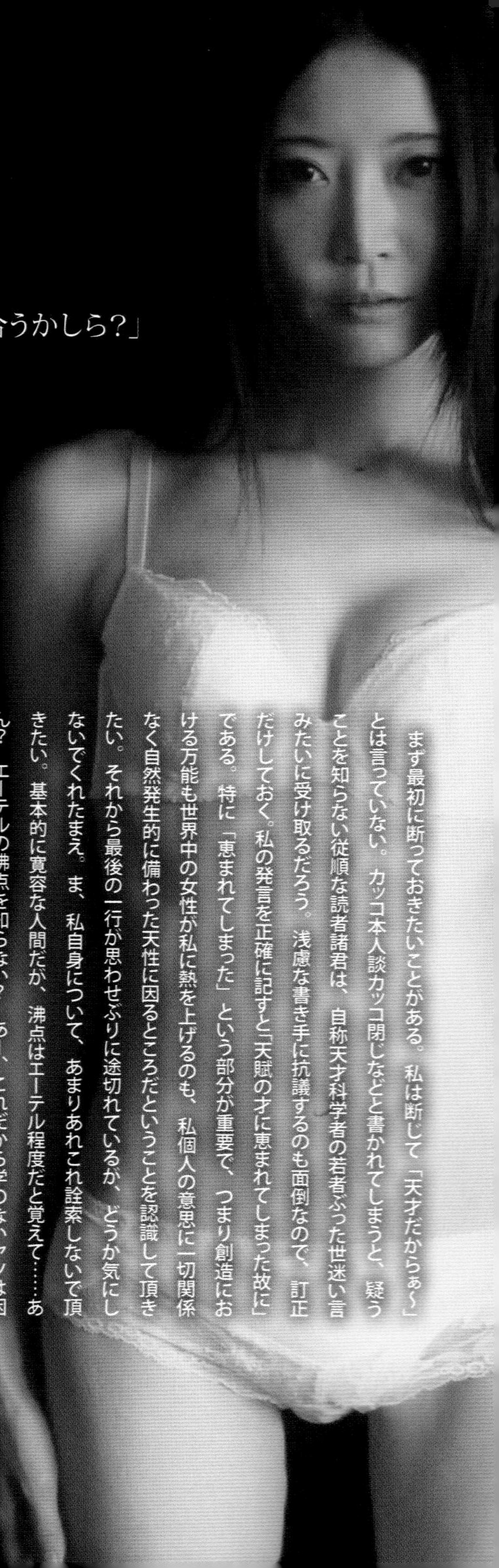

「私にはどんな制服が似合うかしら？」

まず最初に断っておきたいことがある。私は断じて「天才だからぁ～」とは言っていない。カッコ本人談カッコ閉じなどと書かれてしまうと、疑うことを知らない従順な読者諸君は、自称天才科学者の若者ぶった世迷い言みたいに受け取るだろう。浅慮な書き手に抗議するのも面倒なので、訂正だけしておく。私の発言を正確に記すと「天賦の才に恵まれてしまった故に」である。特に「恵まれてしまった」という部分が重要で、つまり創造における万能も世界中の女性が私に熱を上げるのも、私個人の意思に一切関係なく自然発生的に備わった天性に因るところだということを認識して頂きたい。それから最後の一行が思わせぶりに途切れているが、どうか気にしないでくれたまえ。ま、私自身について、あまりあれこれ詮索しないで頂きたい。基本的に寛容な人間だが、沸点はエーテル程度だと覚えて……あん？ エーテルの沸点を知らない？ あー、これだから学のないヤツは困る。話にならん。シッシ、お前なんか鼻クソほじりながら放屁でもしてろ、バーカバーカ……おや、ググってきましたか。そうです、ジエチルエーテル $C_4H_{10}O$ の沸点は約35℃と人間の体温より低いのです。つまり私は、沸騰しやすいイコール非常に情熱的な人間なのです、以上。

では、お待ちかねの本題に入ろう。本題とは、この頭上に浮かんでいる設問についてだ。この問いは妙齢の美人から私に向けられたものだ。まず状況を説明しよう。質問をしたこの女性と私は初対面だった。そして彼女は私の寝室で、ほとんど機能していないと思われる小さな下着を取りながらこの発言をした。全裸となった彼女の肉体は完璧だった。余分な贅肉は一切なく、筋肉のつき方から定期的に専門家の指導を受けて鍛えていることがわかる。一方乳房は充分過ぎるほどの量感があり、弾力も申し分ない。

さて、私と彼女が初対面にしてこのプライベートな空間で何ゆえ乳繰り合っているのか、などということはまったく気にしなくて宜しい。考察すべきは、彼女に似合う制服だ。なぜ服ではなく制服なのか、などという愚問は聞きたくもないので控えるように。制服とは所属ありきの副産物であることくらいわかっている。昨今は「あの高校の制服カワイイ♡」などというアホな理由で進学先を決める女学生もいるようだが、どんなにその着用を願っても希望校に入るだけの学力がなければ叶わない。似合う似合わないは制服の存在意義にこれっぽちも関係ないし、論点はそこではない。とにかくこの女性は日々顧客の希望する様々な制服を脱いだり着たり、脱いだり脱いだりして相手の想像力を刺激し夢を与える仕事に従事している。そんな彼女が究極の一着を求めているのだ。至近距離で小首を傾げる蠱惑的な眼差しに応えることこそ、宇宙の真理に到達する近道……ああ、カワイイ♡

　とまあ、宇宙の真理は置いといて、以上が一昨日の出来事だ。それ以降、小娘の発した一言が剥がし損ねたシールの糊のように私の脳ミソにこびりついた。こうなるともうダメだ。決着がつくまで何も手につかない——ともかく私はすっぽんぽんの彼女をそこに座らせ、世の中に存在する制服を徹底的に調べては、彼女に似合うか似合わないかの一点で振るいにかけ、ピンときたデザインがあればジャンジャン作って実際に着せてみた。生地なんてものは地下の保管庫にいくらでもある。こんなこともあろうかと、備えあれば憂いなし。ところで最初は面白がっていた彼女だが、私の情熱に圧倒されたのか「もう帰る」などと言い出した。冗談じゃない、帰れるわけないだろ。何しろジャストフィットの制服を作るには、常に最新のデータが必要だ。私は生地を裁断する度に彼女の全身を舐め回すように計測し、敏感な肉体的反応の結果生じるよがり声にインスパイアされながらミシンを踏んだ。こうして彼女の魅力を最も引き出す、機能的でありながら清楚で可憐な乙女心をくすぐる一着が……、

　あれ？　いない。

ちっ、逃げやがったか。
作成代、踏み倒すつもりだな。

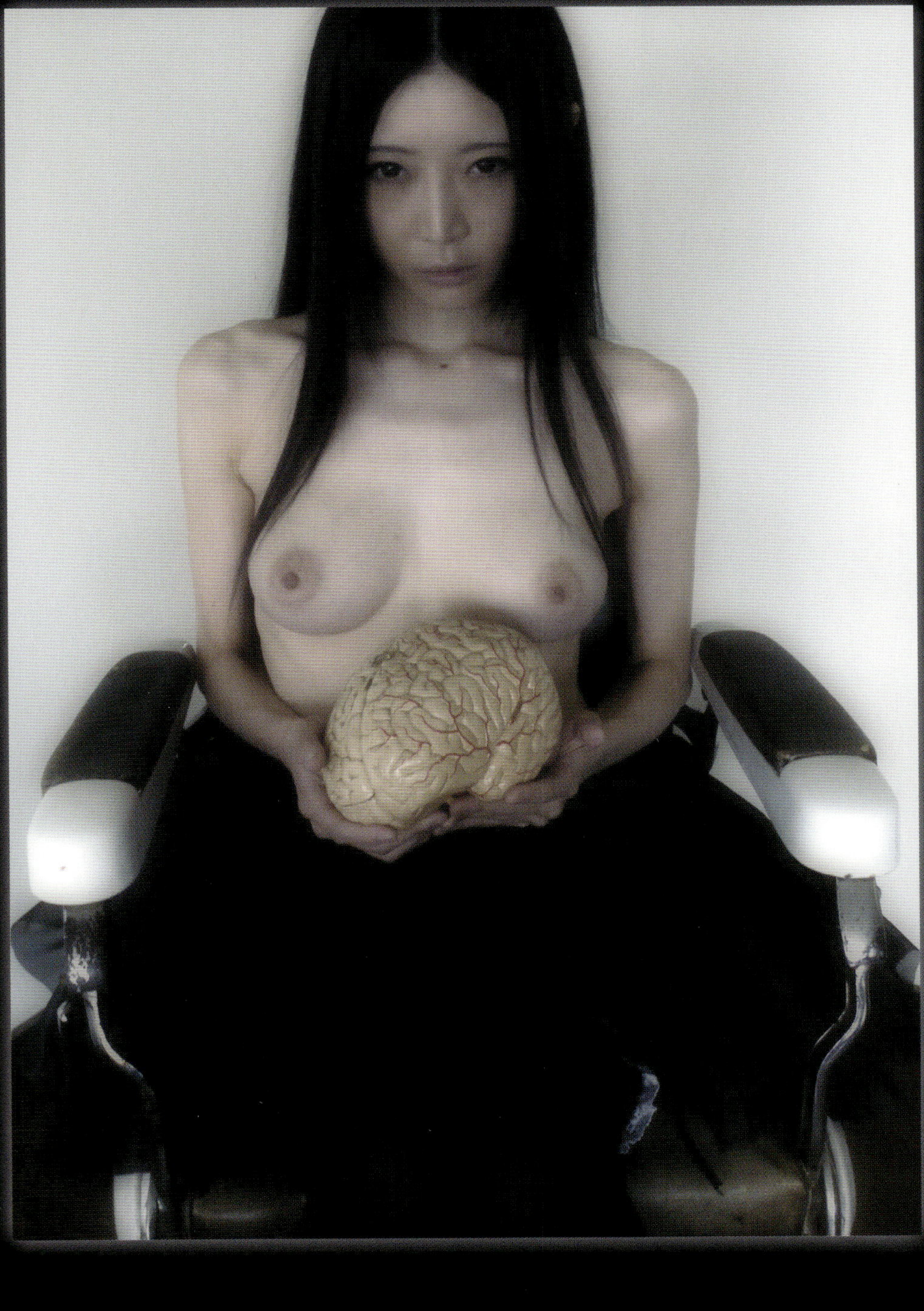

「ねえ」
「ねえ」
「ねえ」
「ねえ」

「ねえ」
「ねえ」
「ねえ」
「ねえ」

えってば」
えってば」
えってば」

どこにあるの?」

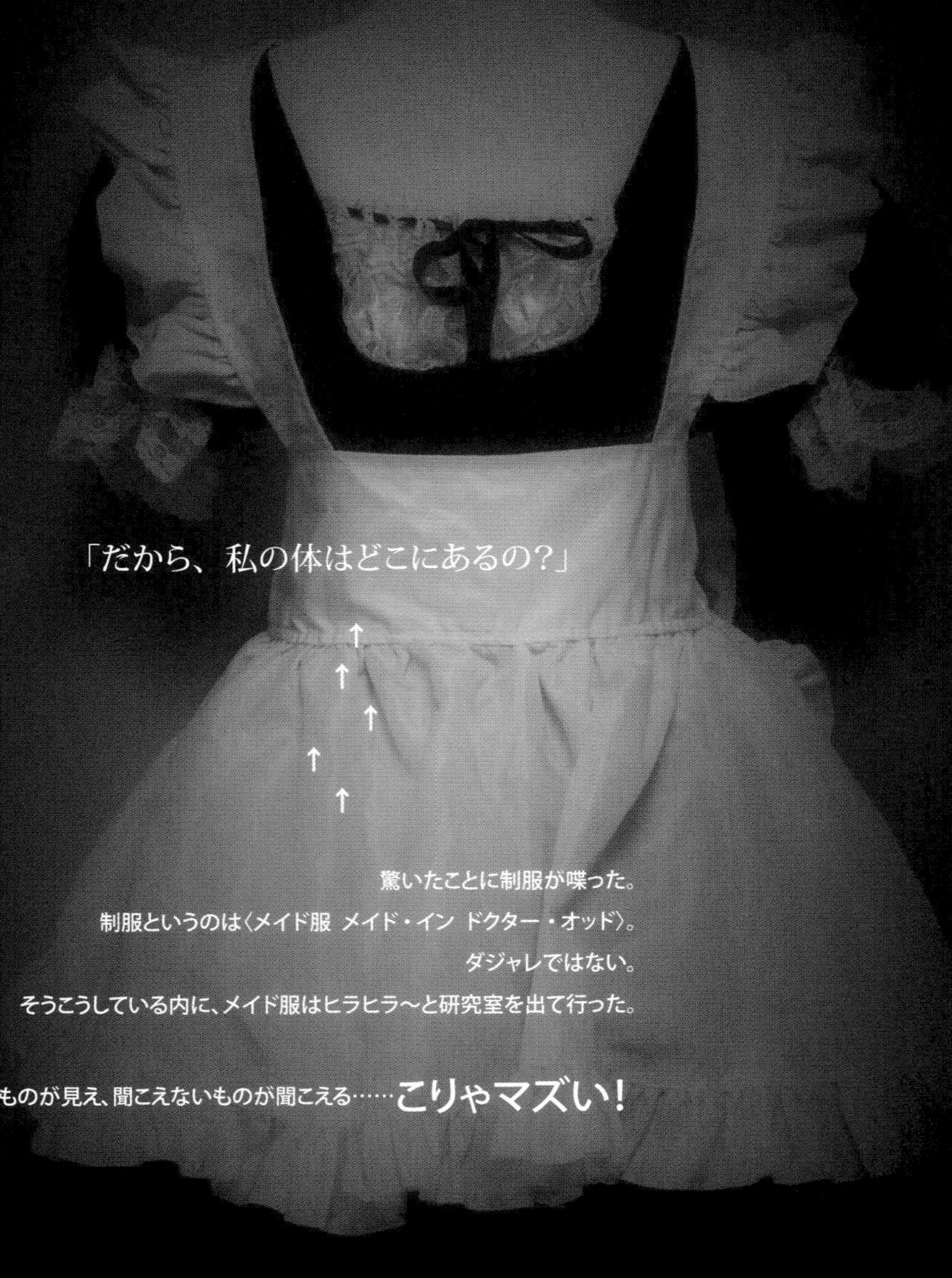

「だから、私の体はどこにあるの?」

驚いたことに制服が喋った。

制服というのは〈メイド服　メイド・イン　ドクター・オッド〉。

ダジャレではない。

そうこうしている内に、メイド服はヒラヒラ〜と研究室を出て行った。

見えないものが見え、聞こえないものが聞こえる……**こりゃマズい!**

確かに戯れが過ぎた上に、常用している薬も飲み忘れていた。しかしあのヤブ医者の処方通りに服用していたらあっと言う間にヤク中になり、狂人どころか廃人だ……え、狂人？　誰が？　私は狂ってなんかいませんよ、うふふ。

「たっだいま～、連れて来たよ～ん」

なんと〈メイド服　メイド・イン　ドクター・オッド〉は、制服作成料金未払いでトンズラしたあの女性を纏って、否、女性に纏われて戻って来た（もっとも私も彼女に奉仕料を払っていないけどね）。

おおぉ～、これは素晴らしい！

サイズも雰囲気もこの子にぴっ～たり♪　さすが天才のシゴト！

と、喜んでばかりもいられなかった。勝手知ったる我が家という調子で長椅子にごろんと寝そべった当該制服は（メイド服を着た彼女と言うべきか）、メイドの象徴とも言うべき純白のエプロンを付けていない。踝までを貞淑に覆っていた長いスカートも、勝手に膝上に切り詰められている。しかしこの感じ、どこかで見たような……そうだ！　アイドルの衣装だ☆　なるほど、これはこれで中々宜しい。はて、アイドルの衣装というのも広義の制服と捉えていいかもしれない。彼女たちは、ふわりと広がった短いスカートから若くて健康的な足を惜しげもなく晒し、はじけんばかりの笑顔で歌い踊る……おい、この冷たさは一体なんだ？　アイドル丈となったメイド服から覗く彼女の大腿、俗に言う絶対領域という部分は、蝋のように硬く血の気がない。突然がくりと首を折った彼女の目は半開きで、瞳はすでに灰色に濁っていた。もはや脈を確認するまでもなく――、

「この人とっくに死んでるよ～ん。ずっと泣き叫んでてうるさかったけど、静かになって良かったね。でも博士、もうすぐ腐り始めちゃうよ。せっかくの制服も臭い汁で汚れちゃう。ベットベトのグッチョグチョ！　キモーい！」

頭の中で甲高い笑い声が何重にも響く。

やめてくれ、静かにしてくれ。

私は騒々しい声を黙らせようと、洋裁用の大きなハサミを振り回した。

ルンルン♪

素敵な制服を作りましょう
彼女に似合う一着を

採寸はじんわり吐息が濡れるまで
裁断は痛みを感じる間もなく大胆に
腐りやすいので手早くしましょう

ルンルン、ルルン♪

ルンルン♪

素敵な制服を作りましょう
彼女そっくりの一着を

鼻から脳みそ、口から胃袋
腸はお尻の穴から巻き取ります
中身を全部取り出したら、洗って形を整えましょう

彼女に一番似合うなら
脱げないように縫い付けましょう
お襟と首を、お袖と腕を、スカートと足を
胸元だけは、その日の気分で開けるように

ルンルン♪

ルンルン、ルルル♪

これを着れば誰でもメイド
皮を被れば誰でも美人
気狂い博士の血みどろ発明

人体一体型メイド服

※人体部分は非常にデリケートですので取扱いには充分注意して下さい。
尚、破損・事故等につきまして一切保障は致しません。

科学者というものは常に未来を見つめていなければ進歩は望めません。ですから過去の仕事はすぐに忘れるようにしています。ドクター・オッドなど
と呼ばれていますが、それくらいの矜持はあります。つい最近も、あれこれやっている内に妙な物が出来てしまいましてね。簡単に言えば、着ぐるみです
それを着れば誰でも簡単且つ確実に美しい容姿のメイドになれる。きっかけは人体部分の要望でしたが、本当のところ制服なんてどうでも良かった
です。私は彼女の着衣姿より産まれたままの肉体に感銘を受けました。まあ、ともかく完成すれば終わりです。すでに忘却の彼方ですよ。一応コレクシ
ンとして保管してありますけどね。捨てられない性分で、何でもため込んでしまうんですよ。え、見たい？　……うーん、やめと
た方がいいと思うけどなぁ……はあ、どうしても見たい。わかりました。それでは保管庫の鍵をお貸しします。今ちょっと手が離せないんでね。そこの
階段を下りた地下通路の一番奥、突き当たりの扉です。でも、一つだけ注意しておきますよ。その部屋で何を見ても、絶対に騒ぎ立てないで下さい。私は
ね、騒がれるのが一番嫌いなんです。何しろ私の沸点は……その話はしましたっけ。とにかく私の嫌がることはしない方がいいです。ところで私の記事
が掲載されるのはいつですか？　そうですか、だいぶ先ですね。そうそう、この前見せてもらったページの最後の一行、思わせぶりは良くないです。私た
んかに遠慮しないで下さい。ちょっと書き直してみたので……あ、保管庫ね。どうぞご覧になってきて下さい。え、写真も撮りたい？　写真かぁ……ま
いいでしょう。あなた美人だし、美人の頼みは断れません、ハハハ。でも……あ、いやいや、何でもありません。後で私も行きます。どうぞ、ごゆっくり。

しかしわかっていることも少しはありました。

第一に、博士に作れないモノはないということ。

第二に、博士は女性、特に美女美少女に大変モテるということ。

第三に、博士は自他共に認める天才です。

そして博士――ドクター・オッドは、とんでもない**狂人**でした。

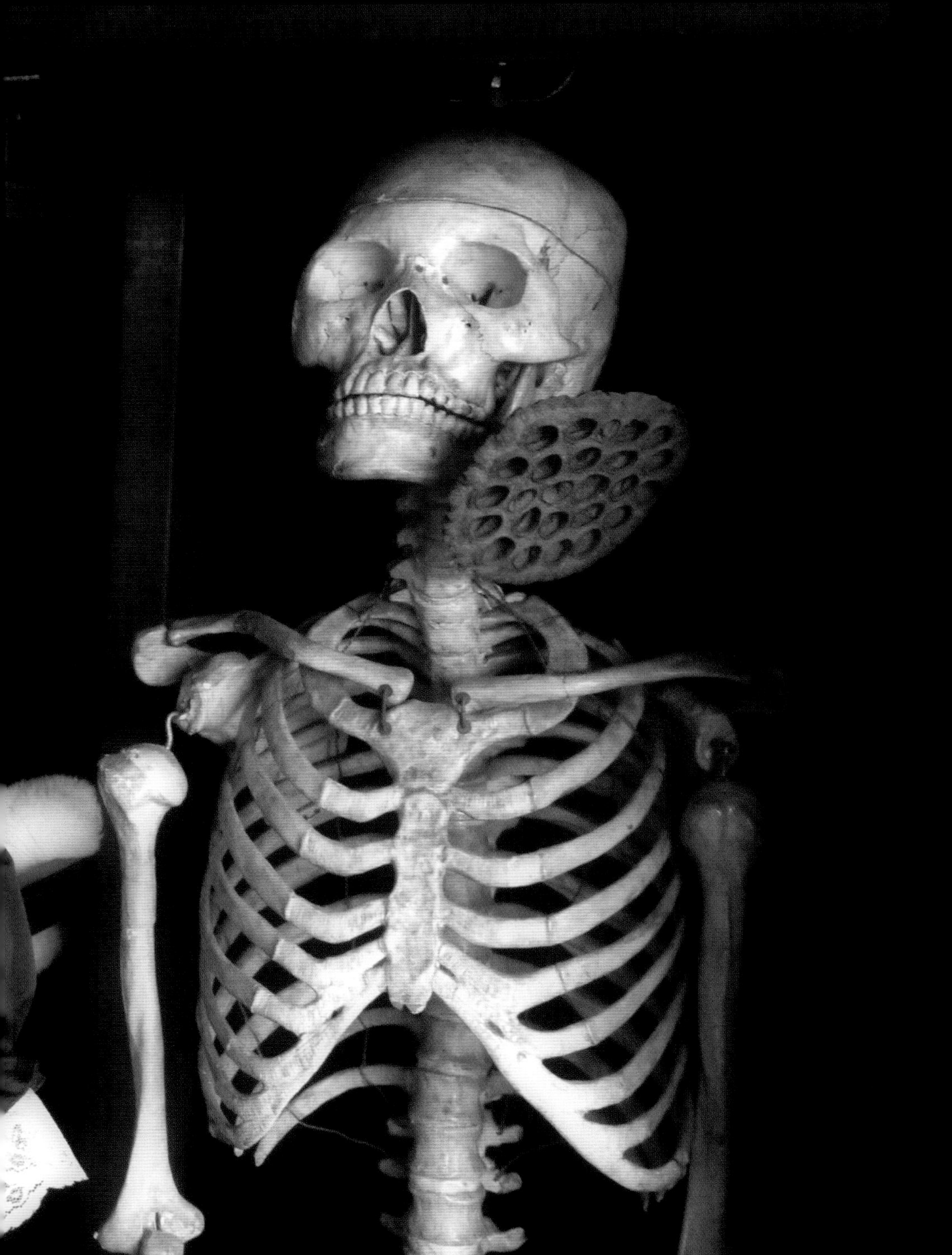

Dr.Odd's mad collections #02

空想機械少女

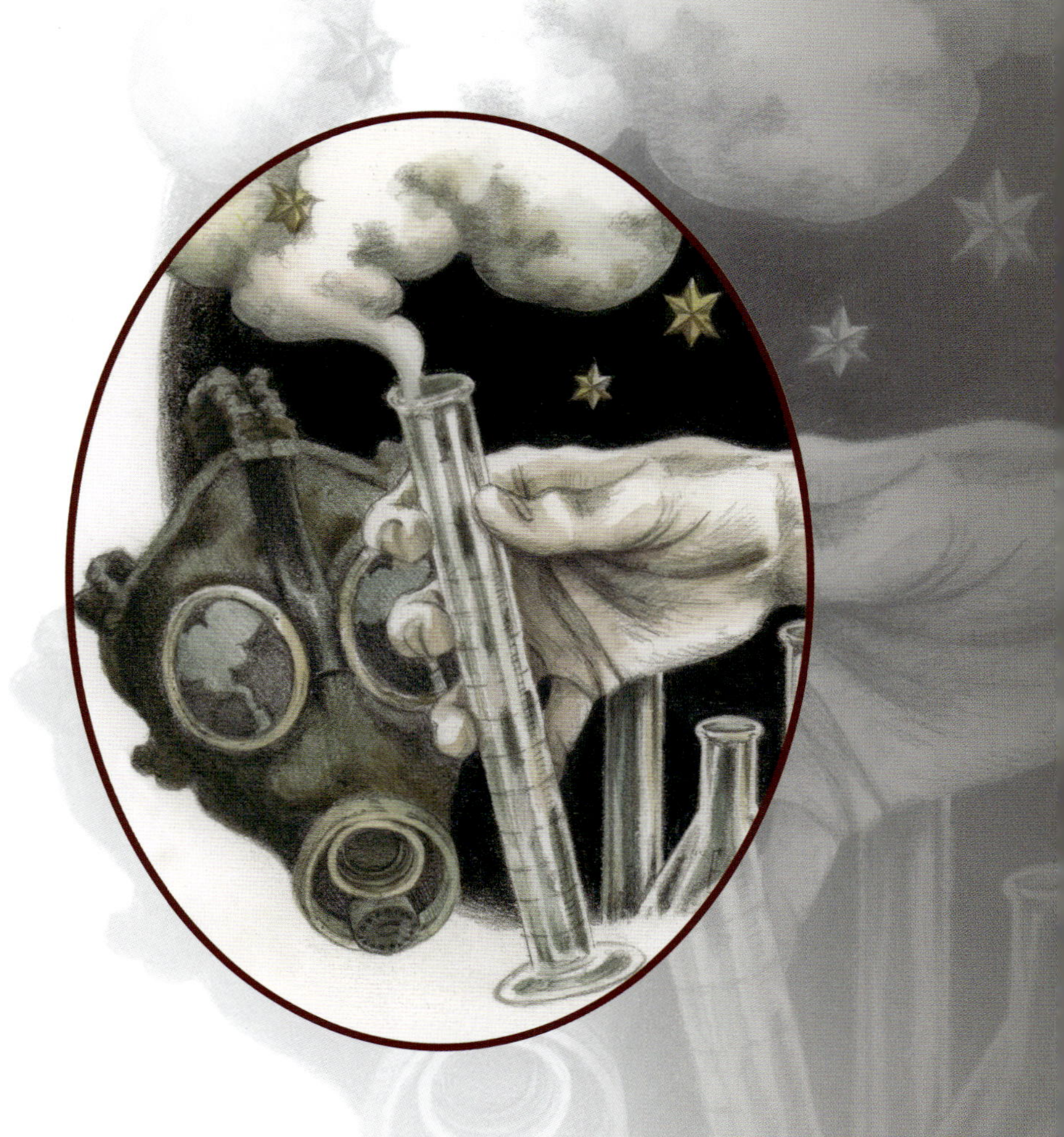

Model：Miyako Akane

「えーっと、どちら様？」

→ → →

「突然の訪問失礼致します、こちらはオッド博士のお宅でしょうか」

「ドクター・オッドの意味するところは、奇妙で奇怪な常軌を逸した天才科学者。ふむ、実に不名誉なニックネームですな」

「も、申し訳ございません！ 本名を存知上げないものですから」

「私の本名は、何人たりとも知りません。構わないですよ、皆そう呼んでいますしね」

「それでは僭越ながらオッド博士と呼ばせて頂きます」

「ところでお嬢さんは……あ、もしかして面接希望の方かしら？」

「いえ、その、ワタクシは――」

「違うの？ じゃあ、サヨウナラ」

「ちょちょ、ちょっとお待ち下さい！」

「セールスお断り。こう見えて忙しいんですよ、今、非常に繊細な実験の最中で」

「やはりお願いします、是非やらせて下さい！ 何にせよ、面接は必要かと」

「なぁんだ、やっぱり面接希望者じゃないですか。や～、可愛いお嬢さんで嬉しいなぁ♡ 変な格好してるけど。ささ、面接やりましょ～やりましょ～♡ じっくりと～♡」

「あの、本当にオッド博士でいらっしゃいますか？」

「さあ、どうぞどうぞ上がって下さい。靴のままで結構ですよ、土禁なんてヤンキーの車みたいなことは言いませんから」

「もっとこう気難しくて口数の少ないイメージだったのですが」

「散らかっていますけど気にしないで下さいね。何しろ私一人でしょう、片付けにまで手が回らなくて。その上この時期になると領収書の整理をしろとか税理士に言われて、もうムリムリムリ。そんなことまでやってたら、それこそ発狂してしまう」

「ワタクシ、僭越ながら掃除や片づけは得意です」

「つ・ま・り、この建物の中には私とお嬢さんの二人きりなんです。あーいやいや、そんなに警戒しなくていいですよ。別にケダモノと二人きりな訳じゃありませんから〜。うふ♪」

「大丈夫です、何でもやらせて下さい！」

「何でもやる？　やってくれちゃうの？　いや〜、幼い顔してけっこう大胆――」

「うっわぁぁぁ!!」

「な、ナンなんですかっ!?」

「失礼致しました。いわゆる本物の科学者の実験室とか初めてなものですから」

「あのね、一つ注意してもらいたいのですが、私は大きな音とか騒がしいのが大の苦手で――」

「オッド博士の沸点はエーテル並、つまり人間の体温より低い、つまり感情が高ぶりやすいお人柄と認識しております」

「情熱的と言いたまえ」

「ワタクシ、こちらの記事を拝読致しました」

「記事？　あ、これね。インタビュー受けたのは二、三ヶ月前だったかなぁ。ふーん、ちゃんと掲載されたんですね……ふむふむ、特集もなかなか面白い……」

「博士はお読みになっていないんですか？」

「あー、ここはマズいな――創造における万能も世界中の女性にモテるのも、天賦の才に恵まれてしまったから――こ〜んなこと書かれちゃったら、また敵が増えちゃうし〜」

「編集部から見本誌が献上されるものだと思いましたが」

「けしからんことですが、記事というのは大抵虚飾の上に成り立っています」

「ワタクシは博士のお考えを、未来さえも過去化する科学的超進化思考と解釈したのですが如何でしょう」

「天賦の才に恵まれてしまったから――なんて。私はこんな自惚れたこと、これっぽっちも言ってませんよ。アハハのハ」

「キャラも少々意外でしたが、もっとご高齢の方を想像していました」

「もっとジジイ？　この私が？」

「はい。デブでハゲの、昔のアニメに出てくるような老科学者です」

「酷ぉ～～～い」

「しかしながら良い意味で期待を裏切られました。スレンダーで、クセ毛もチャーミング。そのレトロな雰囲気の丸眼鏡も大変お似合いです。かなりのイケオヤジかと」

「惚れても採用が決まるわけではありませんよ」

「男は四十過ぎてからと思っております」

「そろそろ真面目に面接しましょう。まず最初にお伺いしたいのは――」

「はい、Ｇカップです」

「ハイ？」

「あ、つい。殿方が最初に質問するのはいつも胸のサイズのことですので」

「Ｆかと思ったらＧとは……大変けっこう。非常に豊かで魅力的です」

「恐縮でございます」

「いつブラウスのボタンがはじけ飛ぶかと気にしていましたが、いやいやそうではなく、お嬢さんの服装というか身につけている不思議なものというか……どうしてそんな格好をしているのかな？　かなかな？」

「どうして、と仰いますと？」

「だって～、フツー女子がそんな格好しないでしょ～。何かのコスプレ？　ひょっとしてイベント帰りとかに来ちゃったのかな？　そりゃ玄関開けた時はドン引きしたよ～。ね、まさか普段着じゃないよね？　ね、ね、ね？」

「普段着という表現が適切かどうか存じませんが、常時着用しているという意味では普段着です。もちろん就寝時も装備を怠りません」

「寝る時も!?　……邪魔だろ」

「いつ非常時となるかわかりませんので」

「非常時……？　因みに、その頭に載っけているゴーグルとヘッドフォンみたいなのは、なぁに？」

「このゴーグルは超高性能透過装置で最大出力時には厚さ三十メートルの岩盤の向こうを可視化でき、超高性能通信機であるヘッドフォンでは地球上のあらゆる物体の微振動を利用し、機密情報を暗号化して飛ばすことができます」

「ほう。じゃあ腰にぶら下げてるのは？」

「大口径のピストルはいわゆる光線銃で、スタンガン的に使用します。こちらのガジェットは、冒険時の必需品であるコンパスやフック付きリワインダーです」

「ああ、崖とか登る時にぴゅーっと飛ばしてガシッと岩に刺さるやつね」

「そうです、ぴゅーで、ガシッで、くるくるっと巻き上げます。内蔵されている超合金のワイヤーはインド象が十頭ぶら下がっても切れません。このタンクは携帯用動力源で、特殊な鉱石を用いているため半永久的に使用可能です」

「ちょっと見せてもらってもいいかな」

「だめです。現段階では博士が敵でないとは言い切れませんので……あの、申し訳ありませんが、お水を頂けますか？」

「精製水でよければどうぞ。あー、まだお茶も出していなかったね」

「薬だけは定期的に飲む約束なので、ゴックン」

「あらま、その薬、私も処方してもらってますよ。奇遇だなぁ、類友だなぁ、でもソレ、あまり飲み過ぎると治るどころか廃人になりますよ」

「飲み忘れると、このチョーカーから緊急信号が発信されて連れ戻されるシステムなんです」

「それは大変ですね、後でぶっ壊して差し上げましょう。ところで簿記は――」

「ぼっ、勃起!?」

「いやいやいや、勃起じゃなくて簿記。君、さっきから何かと面白いね」

「それほどでも」

「まあ、級とか持っていなくても経理や会計に明るければ構わないんだけど」

「あの……経理や会計の知識は必要でしょうか」

「どうしてもって訳じゃないけど。でも、パソコンは使えますよね」

「はい！　ほぼ毎日ブログの更新をしておりますから。もっとも最近はスマホから更新することの方が多いですけど」

「Word や Excel は？」

「聞いたことはあります」

「Excel 使えないのかぁ」

「あの……エクレアとかって、必要ですか？」

「エクセルね。使わないでやる方が大変だと思うけど」

「正直に申し上げますとワタクシ、あまり本格的に科学を学んだ訳ではないんです」

「いや〜、科学の知識なんて必要ないですよ、事務職に」

「ええっ、科学の知識が必要ないんですか⁉　助手なのに」


「はあぁ？」

一瞬の沈黙の後、私とオッド博士が大笑いしたことは言うまでもない。博士は私のことを表の事務員募集の貼り紙を見てやって来たのだと勘違いしていた。私はもちろん貼り紙なんか見ていないし、たまたま目にした雑誌の記事を読んで押しかけたのだ。多少の誤解があったにせよ、博士が人手を欲しがっていることに間違いない。こうなったら事務員でも清掃員でもいいから雇ってもらうしかない。ともかく私は、革と真鍮に彩られた素晴らしき冒険活劇の世界について語りまくった。蒸気機関で動くヘンテコな実験装置やアナログコンピューターを操るマッドサイエンティストの元、機械の体を手に入れるために日夜研究のお手伝いをする美人助手に私はなるのだ。私はあの記事を読んだ時、運命を感じた。そもそも科学雑誌ではなく、サブカルマガジンに掲載されていなければ私が博士を知ることもなかった。名前どころか専門分野さえも、全てが謎に包まれている天才科学者なんて最高にイカしてる。しかも取材当時は《人体一体型メイド服》を開発中だったとか、この人ちょっと頭オカシイかもー、ってゲラゲラ笑ってしまった……実はね、私の方こそ少しオカシイそうだ。初めは認めたくなかったけど、最近は大人しく言うことを聞くようにしている。はいはい、ゴーグルやヘッドフォンはただのカチューシャで、ピストルや小物もおもちゃ屋さんで売っているようなものですよ。超合金のワイヤーも特殊な鉱石もインド象も、全部、全～部私の妄想なんだって。作り物？　妄想？　ふふん、そう思うならむしろ好都合だわ。これは口が裂けても言えない最重要機密事項なんだけど……本当はね、全て本物なの。敵の目を欺くために作り物っぽく見せてるの。でもね、起動させるためには、とてつもなく大きな力を加えなければならないの。だからワタクシは！　使命を全うするために博士の元にやって参りました！　あ～ん、夢にまで見た科学者の実験室……棚にずらっと並んだ瓶の中には一体何が入っているのかしら。薬品の知識なら少しはあるの……コレは一滴で数十人の致死量になる猛毒。ソッチは振動を与えただけで爆発する危険物。アレとソレは混ぜるな危険。博士の力を借りれば必ず世界を変えられる。私は選ばれた人間なの。間違っているのはみんなの方、狂っているのは世界の方なのよ。

狂っているのは世界の方なのよ。

「薬品に触れてみたいなら、マスクをつけた方がいいね」

↓　↓　　　　↓

博士が被せてくれたラバーのマスクはひんやりと冷たく、喋りすぎて火照った顔に気持ち良かった。博士は優しい。私の夢物語を、もう何時間も真剣に聞いてくれている。カウンセリングの先生だって嫌気が差して欠伸を噛み殺すのに……もっとも博士の視線はずっと私の胸に向けられていたけど、それくらいは許してあげる。なんてったって私は稀代の科学者の助手なんだから。

「君が望むような機械少女にしてあげようか」

↓　　　　↓　↓

マスクがなければ唇が触れてしまいそうな距離に博士の顔があった。にっこりと微笑む博士の目を見た途端、私は急に怖くなった。ヤバい。この人は……確かに私も相当オカシイけど、博士は本当にヤバい人の目をしている……こういう目つきの人は……何をするか、わか、ら……、

マスクに仕込まれた試薬で朦朧とする中、私は必死で薬品棚から一本の瓶を掴み取った。ラベルに書かれた$R-NO_2$の文字、無色透明の液体はニトロ化合物だ。これだけの量が爆発すれば全てが木っ端微塵。そしてこの偉大な力で私の世界は本物になる。

せーの、ドッカーン!!

博士も私も銀河の彼方へ吹っ飛びました。

↑ ↑ ↑

↑ ↑ ↑

なんてね。

　気がつくと仰向けにひっくり返っている自分の姿が見えた。離人症状は以前にもあったけど、どうやらこれは本物っぽい。つまり幽体離脱。何とか体に入ってみようとしてみたけど、何度やってもゴムまりのような自分の胸にボヨーンと押し戻されてしまう。漫画みたいにふざけた話だけど、本当にそうなのだ。今まで自分の胸が邪魔だと思ったことはなかったけど、今日ばかりは呪わしい。

「もしもしお嬢さん？　もしも〜し……参ったなぁ。ダメだ、こりゃ」

Dr.Odd's mad collections #03

からくり未亡人

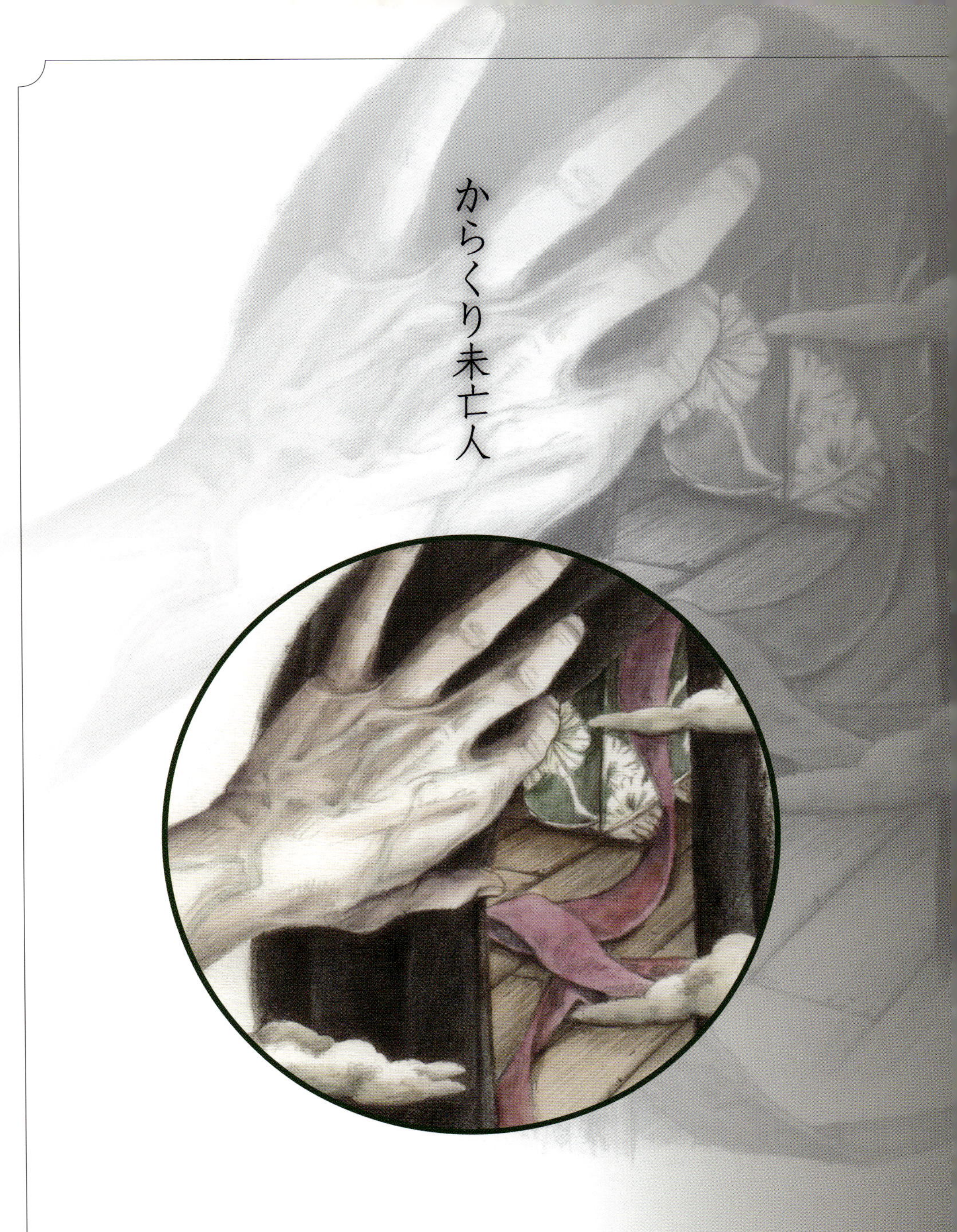

Model：Kuroihitomi

寄ッテラッシャイ、見テラッシャイ

さあさあ、オッド博士の覗きからくりだよ
狂気の天才、泣く子も黙る伊達男
オッド博士の手にかかりゃ
見世物箱がタイムマシンに早変わり
チャンネル合わせて覗いてみれば
時は大正、デモクラシー

モダンガールが闊歩する表通りも良いけれど
どうせ行くなら秘密めいた路地裏へ
そこは質素な長屋のひと部屋
何やら愁いを帯びた表情で
カタカタ、ミシンを踏むのはお針子か

サア、寄ッテラッシャイ、見テラッシャイ

オッド博士の仰天発明、覗きからくりだよ
覗き穴に目を当てりゃ、切ない乙女の恋物語
押し絵なんかと比べちゃいけない
トーキーよりも画期的
続きが見たけりゃ、並んだ並んだ
お代は後でけっこう——、

——代金は前払いでしょ、普通。

皆さんコンニチハ。そろそろ私のことも覚えて頂けたでしょうか。奇妙キテレツ万物を凌駕する天才科学者にして、世界中の女性に魅入られてしまうという類い希な能力を持ち合わせた罪作りな美中年、通称ドクター・オッドとは私のことです。邪悪な花粉が飛散する季節も終わったようですが、ご機嫌如何ですか。残念ながら私はあまり機嫌が宜しくありません。な・ぜ・な・ら。このところ実験室は元より家中で異常な現象が頻発しているからです。節電なんてクソ食らえとばかりに点けっぱなしにしている電気が消えていたり、フリマで買った高価なアインシュタイン愛用のビーカーが勝手に宙に舞い上がって自爆したり。これって一体何なんですかね～、まるでポルターガイストか幽霊の仕業みたいですね～……ユーレイ？　はん、冗談じゃない。何しろ私は科学者ですから、このような非論理的で根拠不明の不可解な事象に接すると、すっっっごく頭にクルわけです。とか言ってるそばから、窓も開けていないのに吐息のような微風が耳に吹きかかるし。まったくウザいったらありゃしない。この前なんかアレですよ、生保レディって言うんですかね、生命保険の勧誘の女性が招き入れてもいないのに、ちゃっかり居間のソファに座っていたんですよ。独り身の私に死亡保険かけて誰が受け取るって言うんですか。もう本当に勘弁して欲しい。その子が伏し目がちの愁いを帯びた美人じゃなかったら、実験台にした上で、切り刻んでブタの餌にしてやるところでした。ブタなんて飼っていませんけど。そんなこんなで全てに嫌気が差し、全てが面倒臭くなっているので、今日はこれでオシマイ。さ・よ・う・な・ら。

なんてね。そーゆーわけにも行かないみたいなので続けます。このところ根を詰めていましたからね。特に先月とか領収書の整理で発狂しそうでした。いくら天才でも少しは気分転換しないと本物の狂人になってしまいます（テヘペロ）。と言う訳で——、

パンパカパーン☆

高性能レトロ遊具《タイムマシン機能付き覗きからくり》作っちゃいましたー！

私の口上もフルボイスで流れまーす！

なにゆえ覗きからくりなのか、などという愚問は——以下略。ともかく自分が遊ぶためだけに新たな発明品を創造する、これぞ天才が天才たる所以、才能の無駄遣い。ま、あまり時間をかけるのもアレなんで若干手抜きの突貫工事です。今のところ時代設定のチャンネルは一つしかありませんがモーマンタイ。このバカデカイからくり箱に内蔵した美女絵は等身大で、ハイ？　覗くだけじゃつまらない？　あー、これだからシロートは困る。覗くのがいいんでしょ、覗くのが。手を伸ばせば届きそうなのに触れられない、ヤマアラシのジレンマにも似た淫靡な享楽、これが覗きですよ。この情緒的にして粋な遊びがわからないような野暮な人間にはなりたくないものですなぁ。しかもこの装置、視覚に訴えるだけではなく……と・も・か・く。私は遊ぶのに忙しい。どうかほっといて下さい。

どれどれ、ほほう。
男の胸騒ぎを誘うような美人じゃないですか。

決して届かぬ遠き君よ
お慕いするひとがをりました

ね、ね、凄いでしょ。
彼女の思考も覗ける仕掛けなんですよ。

待てど暮らせど触れては下さりませぬ
宵待草よりやるせない
カタカタと　想ひ募らせミシンを踏みます
待てど暮らせど結ばれませぬ
宵待草より狂おしい
カタカタと　叶わぬ恋を縫い綴じませう

ならばいっそ乙女のままに
未亡人になりませう
愛しいひとの亡骸を
どうぞ私にお与へ下さい

よこしまな夜
かりそめの恋
「ちょいと旦那、こっちにおいでよ」
「覗きなんかしてないでさぁ」
「あたしを慰めておくれよ」

前略　ミシン台の上でお待ち申し上げます

恋初めし柔肌を　針の下に広げませう
突いて貫く風情さへ
漏れるため息　恋患ひ
誰か止めん此の動き
君をまなこに濡れる花

カタカタ　カタ　カタ
カタ　カタカタ　　カタ

契りも交はさぬ亡夫恋しと
上下に揺れる哀しきわが身
張られた糸の絡みしとき
折れし針に血の雫
口に含めば嗚呼懐かしひ
幼きころの　傷の味

二度と動かぬ脱け殻を
愛し恋しと抱き締める

やめて下さい　もうやめて
嗚呼　私は汚されて仕舞ひました

一体どうしてくれませう
どうしてくれませう

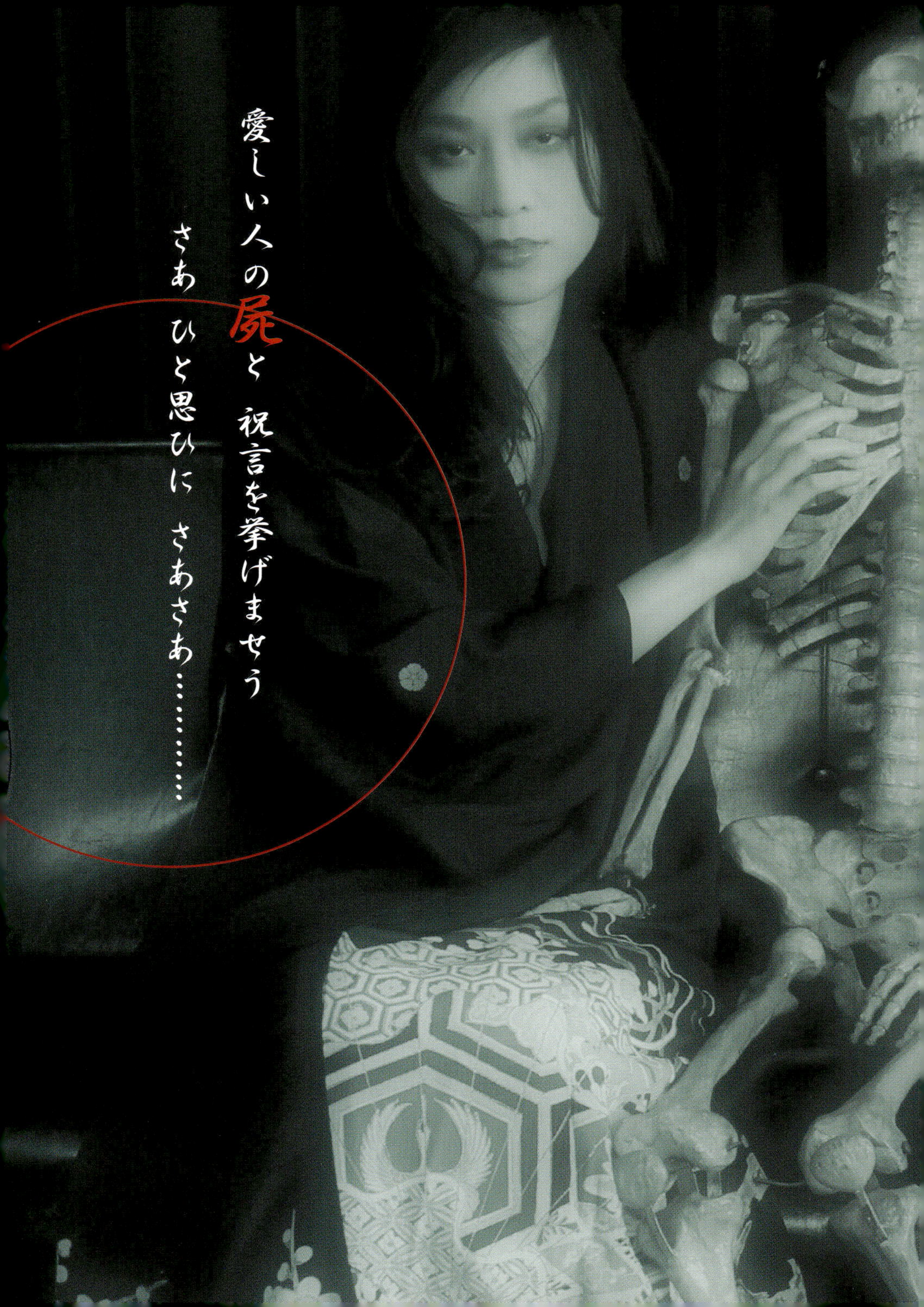
愛しい人の屍と 祝言を挙げませう
さあ ひと思ひに さあさあ…………

ひゃー、大変な目に遭いました。危うく阿部定事件になるところでしたよ。アベサダ、知らない？　知らないなら結構。それにしても妄想猛々しいトンデモ美少女です。妄想とか幻覚とか幻聴に関しては私もあまり人様のことは言えませんが、最近は調子良いんですよ。夢と幻覚の区別くらいはつくようになりましたから。確かに匂い立つような色香があって、しかもそれを悟られまいと抑制しているところがまたそそられる。でもね、こっちは指一本触れていないのに逆ギレして、被害者面は困ります。まったくの冤罪です。しかしこの手のタイプの女性は、挨拶しただけで告白されたと思い込みますからね。好かれた相手は気の毒としか言いようがない。保険金目当てに殺される方がまだマシです。死亡保険ねえ。まあ、私には縁の無い商品です。でも未亡人っていい響きですよね。しかもその実、男に触れられたこともない生娘だって言うんですから堪らない。なんの話でしたっけ。ああ、そうそう覗きからくりね。無駄に仕掛けに凝るとロクな事になりません。そもそも遊びですから、本来の研究とはこれっぽっちも関係ありませんし単に私の全知全能を誇示しただけです。

と・こ・ろ・で。そこに転がっている熱っぽい目をした女性は誰なんでしょうね。なんかというか、皮膚の質感がプラスティネーションを施された人体標本みたいなんですけど。あーあ、せっかく作った覗きからくりもバラバラに壊れちゃってるし、一体誰がこんな酷いことを……プラスティネーションとは、生物を構成する水分と脂肪をプラスチックなどの合成樹脂に置き換え保存する標本技術で、まずは遺体を一週間程度10%のホルマリン溶液に浸し……あらあら、最近は便利な世の中になりました。人体標本はひとりでに引きずられるようにして地下の保管庫に向かっているじゃないですか。というか、最近頻繁に起きるポルターガイスト現象ですね。あーあー、もう少し丁寧に扱ってもいいんじゃないかと思いますけど、一種のヤキモチかしらカッコ謎カッコ閉じ。ともかくこいつらが中に入ったら、素早く保管庫のドアを閉め、悪霊封じの御札をバシバシ貼りつけたいと思います。なにしろ私は科学者ですから幽霊とか認めるわけには……いーから、二度と出てくんなっ！

いやいや、それは勘弁してくれ！

バタン！ガチャ！

ふん、これで良し。
それでは本当に、サ・ヨ・ヲ・ナ・ラ。

Dr.Odd's mad collections #04

僕ノ天使

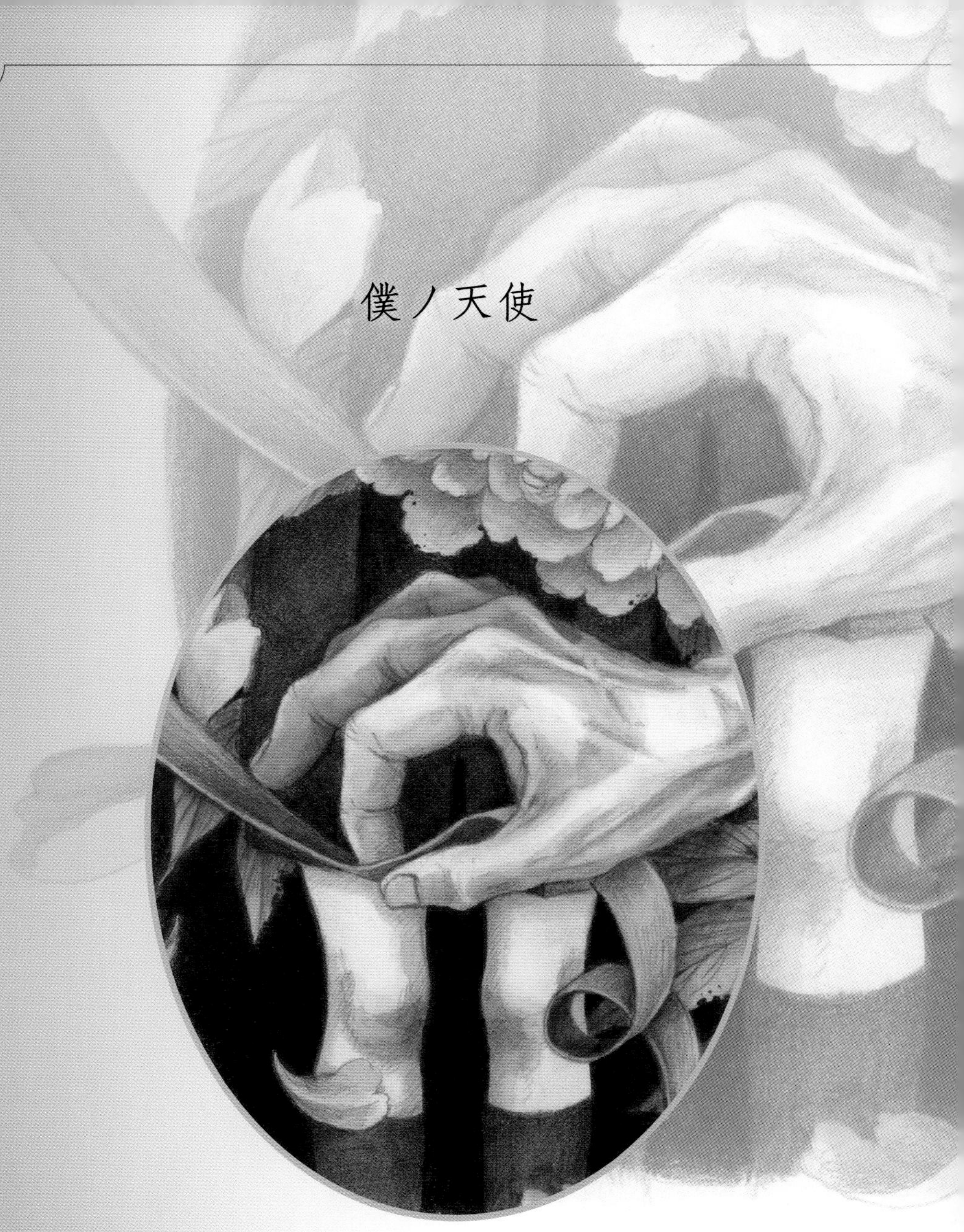

Model：Aika Yoshioka

それは突然の、思いも寄らない出来事だった。

その日は明け方近くまで実験を繰り返し、満足な結果を得られないまま床についた。目を閉じたところで眠れるはずもない。しかしなぜか常用している睡眠導入剤を飲む気になれず、結局まんじりともせずに起き出し、外へ出かけた。疲弊した頭脳でふらふらと歩いている内に、ずいぶん遠くの河川敷まで来てしまった。午前中とはいえ夏の盛りの陽射しはすでに強い。私は少しばかり長すぎた散歩を後悔しつつ、橋架の日陰に涼を求めた。

額から流れる汗をハンケチで拭い、水面を渡る風に一息ついたところで先客が居ることに気がついた。河原から一段高いコンクリの堤に、一人の少年が座ってた。

白い半袖シャツにリボンタイを緩く結び、ワンサイズほど大きな半ズボンをサスペンダーで留めている。おそらく十四、五歳、いっても十六歳だろう。片膝を立て、対岸を眺める横顔は実に涼しげだ。額に無造作に散らばる前髪は切れ長の目にほどよい影を作り、すっきりと整った鼻筋は小さく結ばれた愛らしい唇へと続く。蒼白いほどの肌は陶器のように滑らかで、年頃特有のニキビもなければ髭もまだ生え始めていないようだ。顎から首、そして肩やシャツの袖から伸びる腕も成人男性とは明らかに違い、未成熟で華奢だった。

私は不躾にもその少年の頭のてっぺんから爪先まで、舐めるように視線を這わせた。観察及び考察は科学者であ

る私の職業的本能とも言えるが、単にそれだけではない、説明のつかない強い吸引力がその少年にはあった。

ふいに彼がこちらを向いた。澄んだ大きな瞳が真っ直ぐに私を捉え、口元に微かな笑みを浮かべている。

彼が微笑みかけている？　なぜ私に？

少年は間違いなく、この私に天使のような笑みを見せていた。純粋で汚れなく柔らかで優しい、それなのにどこか深い悲しみを湛えているように思えた。

我々の視線が交わったのは数秒にも満たなかったはずだ。しかしこの短い時間が、私には永遠に感じられた。そして自分でも驚くほど狼狽していた。鼓動が早まり、引いたはずの汗が再び流れ出し、口の中はカラカラに渇きつつも胸には豊潤で甘酸っぱい何かが溢れんばかりに満ちてくる。

ふと脳裏に古い映画の一場面が蘇った。あまりにも有名な、真夏のベニスを舞台に繰り広げられる耽美で残酷な物語だ。観た当時は老いた主人公の行動が全く理解できなかったが、今ならその気持ちも振る舞いも、滑稽なほど真っ当に思えた。なぜそんな風に思えるのか、なぜそんな映画を思い出すのか、答えがわかっていながらも認めたくないこの感覚――少年は私の内なる葛藤に気づくはずもなく、すっと立ち上がると輝かしい陽射しの中に躍り出た。しばし眩しそうに青空を振り仰ぎ、そのまま走り去ってしまった。私の方など一度も振り返らずに。

明日も君は、ここに来るだろうか。
同じ時刻に行けば、また会えるだろうか。

皆さんコンニチハ。

些か感傷的なテンションで始めてしまったので、違う話かと思ったでしょ。残念でした。好評不評にかかわらず制御不能で暴走中、今回もワタクシ、稀代の天才科学者にして酸いも甘いもかみ分けた罪作りな美中年ドクター・オッドの全能ぶりを大いに楽しんでくれたまえ。

ふっ……、そんなこたぁどーでもいいの。ため息ばかり出て、困っちゃう……。

そもそもあんな辺鄙なトコまで歩いてっちゃったのが、自分でも信じられない。更に言えば、いつも通りに眠剤をしこたま飲んでいたら、目覚めるのは早くて昼過ぎ、一歩間違えば日没後、起きるのが面倒なら追加でキメて再び夢の世界へ逃避行。つまり当然ながら、我々が出会うはずもなかったのである。しかし私は彼に、私と彼は、出会ってしまった。彼とはもちろん、美の化身ともいえる純粋無垢な存在である君のことだ。これは偶然を装った必然、またの名を『運命』と呼ぶ……。

「あのー」

しかし考えてもみたまえ、私はアッシェンバッハ（←知らなきゃググれ）のような老いぼれたジジイではない。仕事も恋も現役バリバリだし、特に女性に関してはお釣りがくるくらい不自由していない。それなのに、あろうことか私の心を奪ったのは……。

「あの、すみませんけど」

恋に落ちるのに理由はいらない。とは言っても、この私がケツの青い童貞の如く、心と下半身のざわめきを持て余しているとは、なんたるザマだ。潔く敗北を認めよう。嗚呼、お花畑で君の手を取り「あはは」「うふふ」とクルクル回りたい……。

「ちょっとオッサン！　俺の話、聞いてる?」

「オッサン!?　誰がっ!?」

「だってそうじゃん。つか、まじで俺の話、全然聞いてないだろ」

「いや、そんなことはない。が、取りあえず服を着てくるまで待ちたまえ」

着替えを口実に部屋を出た私は深呼吸をし、現実を直視することにした。今一度、ドアの隙間から予期せぬ来客の姿を確認する――彼は間違いなく、今朝の少年だ。少し状況を説明しよう。河原での衝撃的な出会いから半日、恋煩いと熱中症で仕事もせずにダラダラしていたら夕方になった。ともかく汗でも流そうと、水風呂を浴びて実験室に戻ると、スツール代わりにしている古い跳び箱に件の少年が腰掛けていた。我が家はセキュリティが甘いと言うか、時々招かざる客が勝手に上がり込んでいることがある（まあ、これには色々事情があるんだけどね）。なので見知らぬ他人が居ることには大して驚きもしなかったが、相手が相手だ。しかもこっちは腰タオル一丁のあられもない姿……動揺を隠しつつも動揺しまくり、混乱と妄想の中でタオルを落とさないように白衣を羽織るのが精一杯だった。つまり彼の話はまるで聞いていなかった。しかし人の話を聞いていないと言うのは、実に感じ悪い。感じ悪い人間だと思われるのは困る、少なくとも彼には。何はともあれパンツを履こう。

「アンタさ」

彼がドア越しに声をかけてきた。

「アンタ呼ばわりはやめたまえ、年上の人間に対して無礼だ」

イカン、つい、いつもの調子で返してしまった。

「……ごめんなさい」

ふむ、素直で宜しい。そして可愛い。

「でも“オッド博士”って呼ばれるのはイヤなんだろ？　不名誉なニックネームだとかって言ってるの、どっかで読んだんだ。だからさ、何て呼べばいいのかなって思って……“博士”だけなら、いい？」

「好きに呼びたまえ」

　ドアを開けると、すぐそこに少年が立っていた。

　ヤバい、超〜カワイイ♡　まともに顔見て話せな〜い♡

「博士は天才なんだろ。どんなことでもできる？」

「ドクター・オッドの辞書に不可能の文字はない。何でも言ってごらん、君の望みを叶えてあげよう」

　少年の華奢な肩に手を置きつつ、背後に回って耳に囁く。

「さあ、怖がらずに……」

　ヨッシャー、これが大人の男の色気だ！

「俺を男にして欲しいんだ」

「え？」

「だから、博士に男にしてもらいたいんだ」

「えええぇ――――!?」

「不可能の文字はないって言ったじゃんか」

　待って。ちょっと待って。男が男を男にすると言うことは？

「でででで出来るでしょうか、私に」

「自信ないの？」

「だってぇ〜、ヤったことないですからぁ〜〜」

　くどいようだが男が男を男にすると言うことは、アレをナニにアレして……キャー、ムリムリムリムリ、やっぱ男はムリ！　絶対ムリ！　恋とか思ったのは間違いでした。はい、思い違いです、錯覚です。スミマセンスミマセン、しししし失礼しますっ！

「落ち着けよ」

「落ち着いてます」

「だったら俺の話を最後まで――」

「い〜い、ボクぅ？　そーゆーことはぁ、年上のオネーサンに頼みなさい。何なら然るべきプロを紹介しよう。ＪＫ風から熟女まで、お友達価格でよりどりみどりだ」

「アンタ、ナニ勘違いしてんだよ」

「またアンタっつった〜」

「別にいいじゃん」

「よくない〜、ぶすぅ〜」

「ったくオッサンのくせにガキみたいだな。口が悪いのは謝る。でも俺にはアンタしかいないんだ。アンタじゃなきゃだめなんだ。アンタを――博士を信じたい。ううん、信じる」

「なぜそんな風に、会ったばかりの私を信じることができる？」

「なんでだろ……」

なぜそんな風に　会ったばかりの私を信じることができる？

なんでだろ

「なんでだろ……運命かな」

少年は少し笑い、リボンタイをするりと足元に落とした。

Wenn ich mir was wünschen dürfte

「驚いたな」

「だろ？」

彼——ではなく彼女は悪戯っぽく笑った。白いシャツの下から現れたのはまだ固い蕾のような、しかし紛れもない少女の乳房だった。

「ちっぱいだから助かってんだ」

「……」

「ナニ？　なん何だよ、難しい顔しちゃってさ」

「そういうことなら、ますます私は門外漢だ」

「は？　どういう意味？」

「君は未成年だね」

「うん、そうだけど」

「まずはカウンセリングを受けるべきだな。出来れば保護者にも同行してもらった方がいい。出来れば、だけど」

「はあぁ？」

少女は急に腹を抱えて笑い出した。なんだコイツ、私にしては恐ろしく常識的で格段に誠意のある対応をしてやったのに。笑うところか、しかもオッパイ丸出しのままゲラゲラと。

「悪ィ、悪ィ。でもアンタ、じゃなくて博士はさ、俺のこと性同一性障害かなんかだと思ってんだろ？」

「え、違うの？」

「俺は自分の性別に違和感を感じているわけじゃない」

「どゆこと？」

「心も身体も女だって自覚しているし、特にそれを気持ち悪いとも思っていない。だから精神科に行っても何の解決にもならない。仮に性転換手術をしても心は女のままだろ？」

「なるほど、筋は通っている」

「心ごと変えてくれるのは博士しかいないと思ったんだ」

「それなら尚のこと男になりたい理由を訊きたいものだ。確かにその容姿で大人になったら女性にモテモテだろうな、私の次の次くらいに」

「俺は大人の男になんかなりたくない」

ふむ、そうきたか。

「ではどうして、少年になりたい？」

「答えなかったら、追い返すのかよ？」

今度は私が声を上げて笑う番だった。

大した子だ、私の心を見透かしている。

私は彼が少女だとわかった瞬間、酷く腹が立った。

こんなに強い憤りを感じたのは生まれて始めてだ。

同時に、この子は少年でなければならないと思った。

しつこく理由を訊ねたのは、単なる意地悪だ。

私は少年としての彼女を、強く欲していた——。

Wenn ich mir was wunschen dürfte

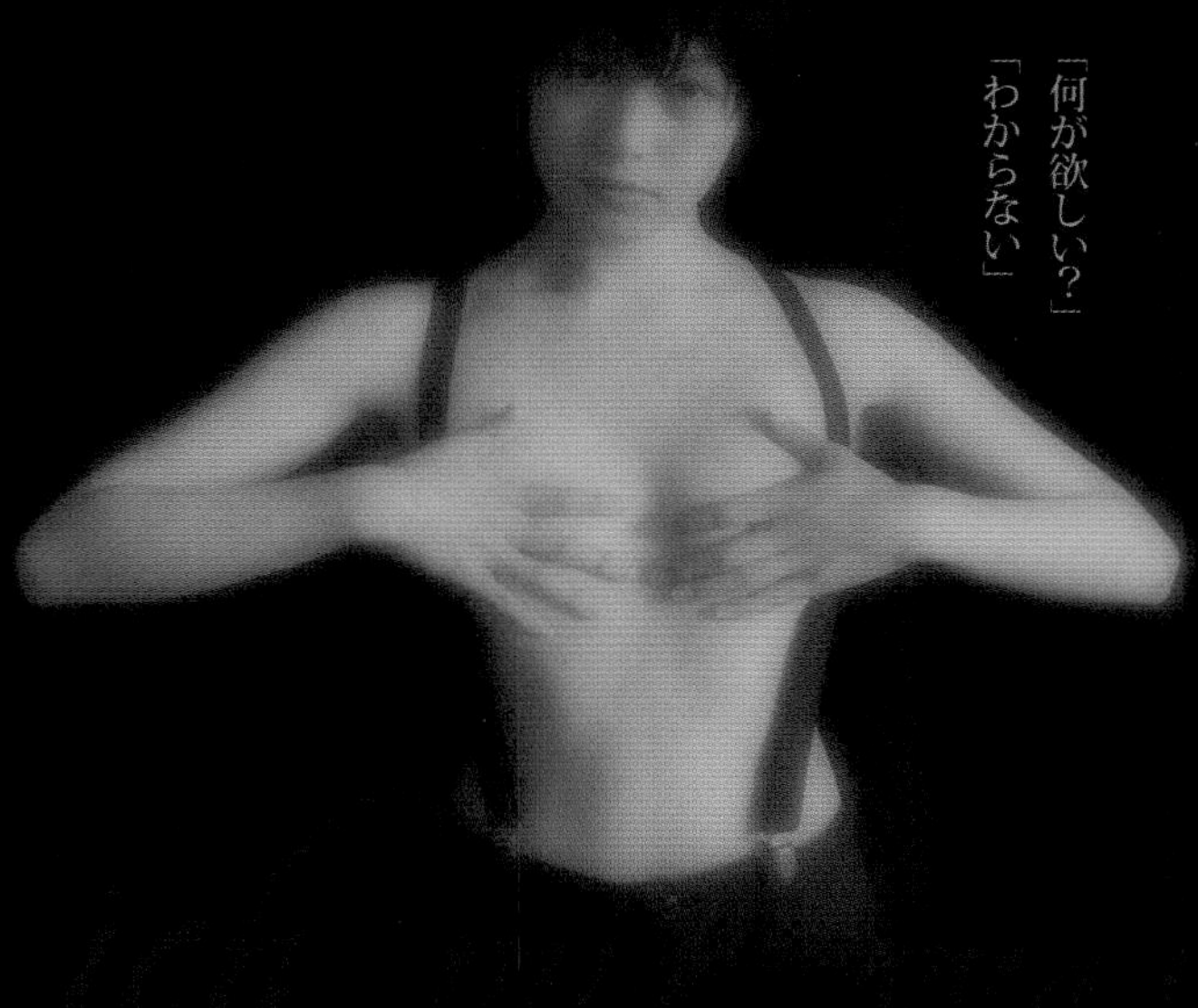

「何が欲しい？」
「わからない」

「何が欲しい？」
「わからない」

少女は挑発する、少年の眼差しで。

「何が欲しい？」
「……わから、ない……」

世にも美しい少年が出来上がったのは、夜明け近くのことだ。私は彼が（敢えて彼と呼ばせてもらう）最初に腰掛けていたスツール代わりの古い跳び箱に座り、時間をかけて鑑賞した。彼の唇は甘い吐息を漏らしているかのように微かに開き、憂いを帯びた瞳は永遠を見つめている。特筆すべきはその肌だ。本来の白さだけではなく、瑞々しく柔らかい。微かに紅潮させた頬は、触れれば体温さえ感じるかのようだ。表情もポーズも理想的な出来映えだ……もう、おわかりだろう。私は彼を永遠の存在——《標本少年》にした。彼の言うところの男は、あくまで少年の意味であり、成長して大人の男になることは決して望んでいなかった。つまり時を止めなければ、彼は少年で居続けることは出来ないのだ。

私は少し前から美術品レベルの、いわゆるアート標本が作れないものかと考えていた。最近では本来の研究よりも熱中し、美しいものをより美しく残す手法を極めるため、肉体保存の最先端技術を独自に応用し試行錯誤を繰り返していた。そんな時に、彼と出会ったのは正に運命としか言いようがない。

ところで私は彼に一つ謝らなければならないことがある。一見してわかるように、彼の体は少女のままだ。もちろん少年に作り替えることは容易だったが、私は敢えてそうしなかった。そもそも私は彼が少女であると知った時、本来なら安堵するところを、なぜあんなにも激昂したのか。今思えば、あれは憤りとも少し違う奇妙な感情だ。私は同性愛者ではないが、彼が少女のなりをしていたら、たぶん気にも止めなかっただろう。彼が少年の姿だったからこそ惹かれたのだ。そして彼は禁断の扉を開けるが如く、純白のシャツのボタンを外し少女の証を晒した。私は打ちのめされ、背徳感に高揚し、捻れた感情が渦巻く中で甘美な恍惚を味わった。こうして私は、彼を前代未聞の少女の肉体を持つ少年に仕立てることを心に決めた。結局彼は、最期まで少年になりたい理由を明かすことなく、永遠の謎を内包したまま留まることになった。

ふと、河原で出会った時の彼を思い出した。天使のように清らかで、どこか寂しげなあの微笑み……どういうわけか無性に彼に会いたくなった。もはや目の前の彼は、彼ではない。私の心を捉えた彼は、真夏の光と影の中に躍動していなければならない。いやはや、私はまだ恋する少年の心持ちらしい。そうだ、私にも少年の時はあった。思い出すだけでも憂鬱な時代が……まったく恋は狂気の科学者さえも詩人にする。

朝日が昇ったら、少し長すぎる散歩をしてこよう。

彼の残像に会いに、あの河原まで。

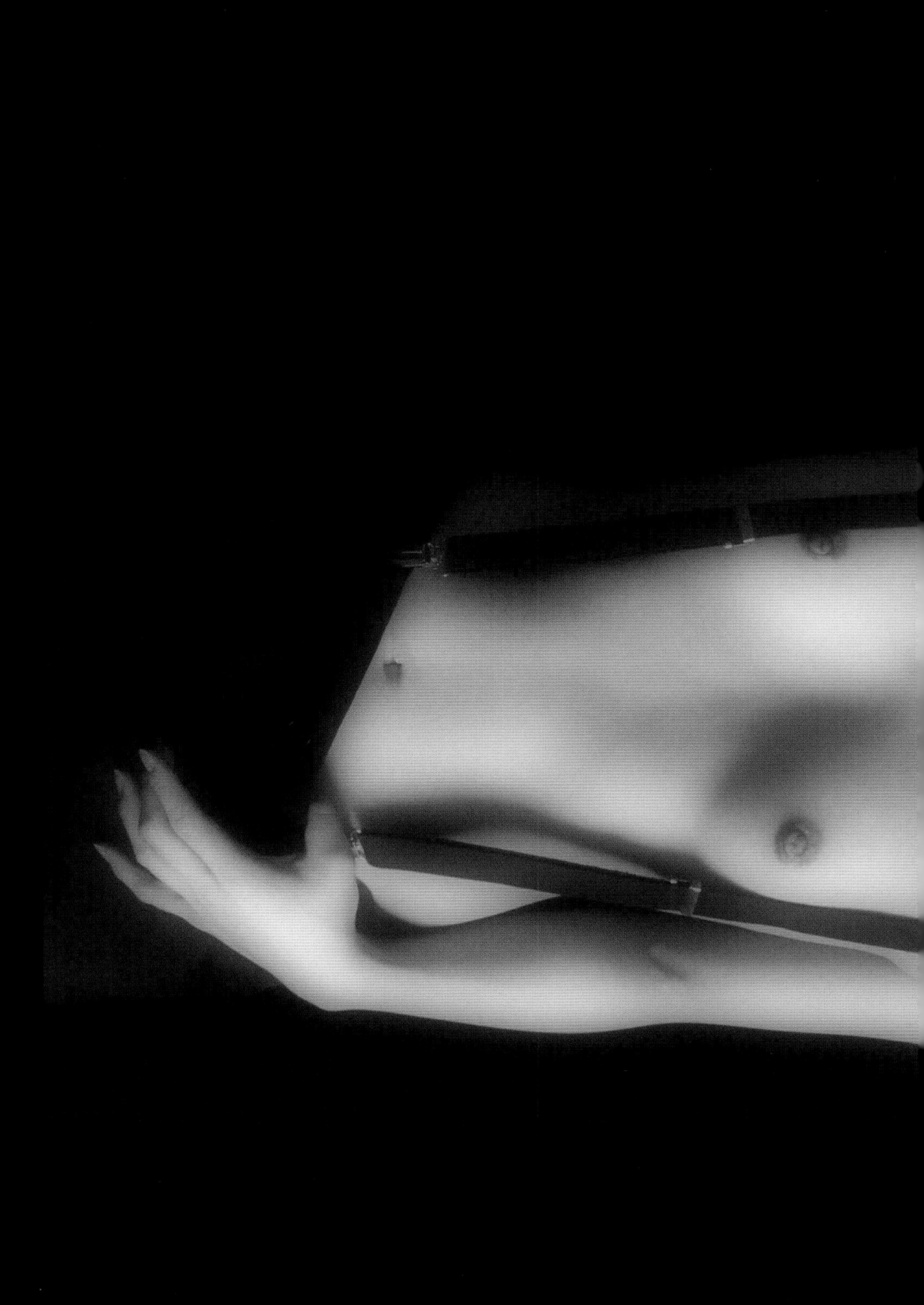

Dr.Odd's mad collections #05

おともだち

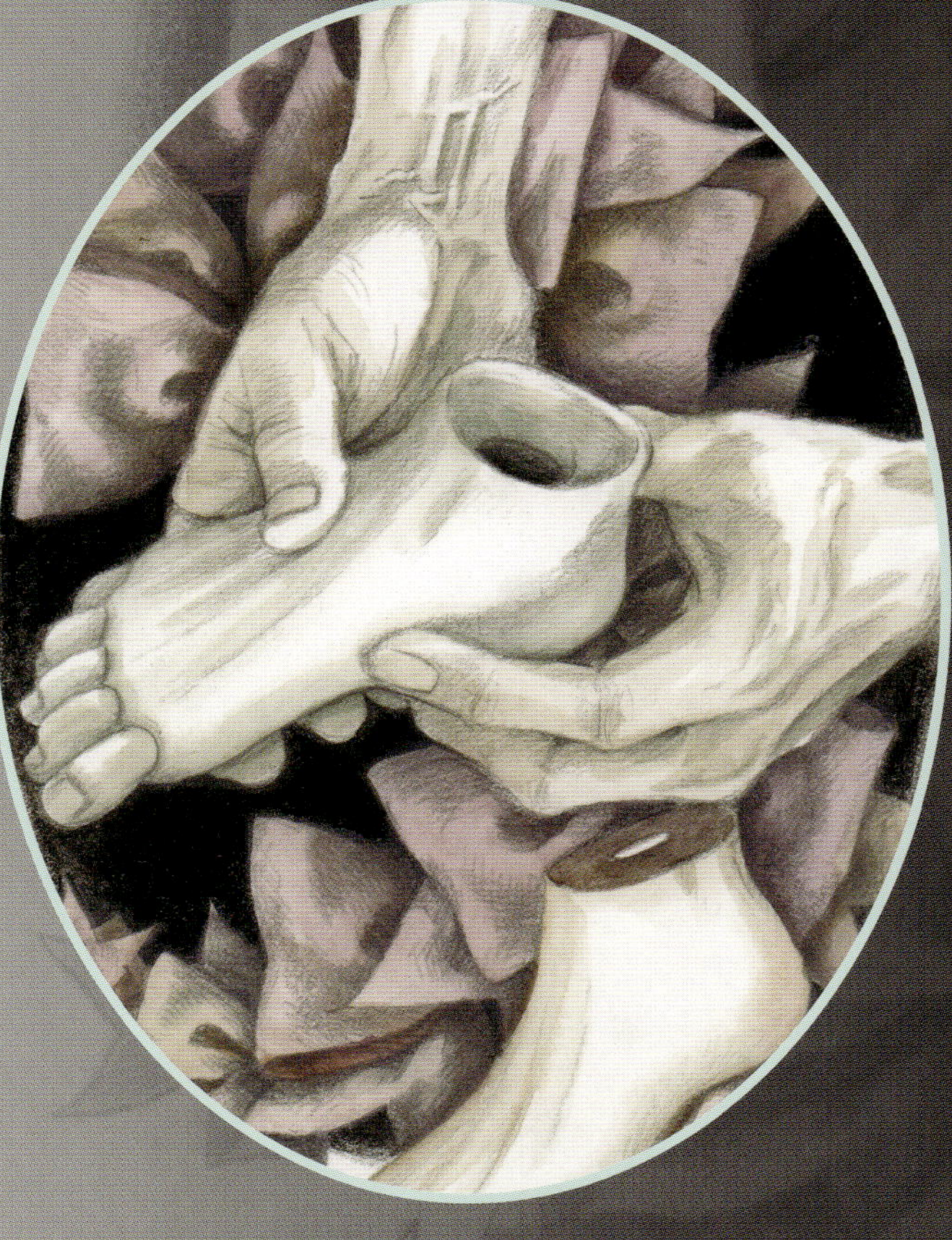

Model：Yasuko
Doll：ELLE (by M.Shichinohe)

おともだちが　欲しいの

いつも　一緒に遊んでくれる
いつも　そばにいてくれる
何時間でも　わたしのお喋りを聞いてくれて
何時間でも　わたしのことを待っていてくれる
優しくて可愛い　おともだち

わたしのことが一番好きで
わたしがいなくちゃ何もできない
口答えや文句は一切なし
素直で　控え目で　遠慮深い
大人しくて従順な　おともだち

怒らないし　泣かないし
嫉妬もしないし　横取りもしない
決して裏切らない　おともだち

わたしが髪を梳かしてあげる
わたしのおリボンを貸してあげる
わたしとお揃いのお洋服も着せてあげる

そんなおともだちが　わたしは欲しいの
わたしだけの　おともだち

「ヒック〜ゥ。で、その人形作りを私に手伝えと？」

「人形じゃないわ、おともだちよ」

ひとしきり持論を展開した少女は、きっぱりと言い放った。私はと言えば、テキトーに相槌を打ちながらエタノール C_2H_5OH 体積濃度50パーセント以上の、つまり強い酒をビーカーに注いではグイグイ煽っていた。昨今の酒量増加は些かマズいと自覚しつつも、あの夏の日の傷心を癒してくれるのはコイツしかない。

「ところで君は〜、不思議の国のアリス症候群って知ってるぅ？」

「アリスは大好きよ、テニエルの挿絵がとっても好みなの」

「ドリンク・ミーと書かれた薬を飲むと体が伸びたり縮んだり〜、しかし真っ当な第三者の目撃証言がない以上、現象はあくまで主観であり伸縮しているのは世界の方かもしれな〜い、ヒック」

「ねえ、その話って、わたしのおともだちと関係あるの？」

「おっと、新しい処方薬がドリンク・ミーと言っているではないか」

私は残りの液体で一握りもある錠剤を飲み込んだ、ゲフー。

さて、この夢見る夢子ちゃん（仮称）が私の実験室に居ることなど、今更疑問視しないで頂きたい。突然の珍客はもはや私の日

常であり、問題にすべきは人形だ。確かに少女にとって人形は、比喩としての友人になり得る。しかしこの子の友だち作りを、稀代の天才科学者にして女泣かせの美中年と名高いこの私、ドクター・オッドが手を貸す義理も道理もない。本来なら飴玉一個でもくれてやってお帰り頂くところだが、実は少しだけ興味を引かれていた。もちろんこんな乳臭いガキにではない。彼女が持参したブツ、の方にだ。

「ねねね、それ、ちょっと見せてもらってもいいかな〜？」

「もちろんよ！　やっとその気になってくれたのね！」

少女は嬉々としてバスケットの中身を取り出し、次々に作業台の上に並べ始めた……。

「わたしね、人形学校に通ってたの。究極のおともだちを作るためよ。でも学校なんて大したこと教えてくれなかったわ。だからすぐに辞めちゃったの」

「このパーツ、ホントに君が作ったの？」

「そうよ、こんなの簡単に出来ちゃうし。だけど教えてもらった繋ぎ方じゃ全然上手くいかないの」

「しっかし見事だなぁ……ヒック。君、医学部出身？」

「文学部の一回生よ。でも博士、そんなに酔ってて大丈夫なの？」

「ダイジョブダイジョブ〜。確かに人間を人形みたいにすることは散々やったし、人形を人間にするのも面白いかも〜♪」

「人間じゃないわ、お人形を作るの」

「やっぱ人形じゃん」

「間違えた、おともだちよ」

ハイハイ。

と言う訳で――、

ほんの気まぐれから作業に取りかかってみたら、イヤイヤイヤこれがメンドー臭いのなんのって、もう大変ですよ、ターイヘン。繋ぎ合わせるっつったって、髪の毛よりも細い糸を使うってか、これが。しかも首に両肩、両肘、両手首、胴体は三分割で、両足の付け根に両膝、両足首ときたもんだ。それぞれにつき何十箇所と正確に縫合するとか、せっかくイイ感じに酔ってたのに、お陰様で一気に醒めました。大体ね、私は外科医じゃない。科学者なんです、サ・イ・エ・ン・ティ・ス・ト。でもぉ、ドクター・オッドに不可能はないとか公言しちゃっている以上、途中でやめる訳にはいかないし～ぃ。それにさ、最近こーゆー細かい作業は本当にツラいのよ。ここだけの話、今年になって老眼鏡を何本作ったことか。作ってもすぐに度が進むし、かけても疲れるし、正直目ン玉取っ替えたい。嗚呼、天才と言えども寄る年波には勝てぬ歯痒さよ。イテ、針刺したぁ……それにしても人形のパーツってここまで作り込むもんなのかしら。芯のところなんか人骨みたいだし、血管や神経まで再現してあるし。よほどの物好きかキチ○イか、そりゃ誰も本気で夢子ちゃん（仮称）が作ったなんて思うわけないでしょ。真犯人は一体誰なのか……百歩譲って夢子ちゃん（仮称）の仕事だとしたら彼女は私の次の次くらいに天才かもしれない。って、人が必死こいて作業してるっつーのに、ぐーすか寝てるし！　何なの、このガキ！　イッター、また針ッ！

↓ ↓ ↓ ↓ ↓ ↓

でで、で・き・た……。
さすがの私も、もう限界……。

出来たてホヤホヤのおともだちでちゅよ～。
仲良く一緒におネンネしなちゃいね～。
よっこらしょっと。

ほんじゃ、ひとっ風呂浴びてきますかね。
お二人さん、良い夢を。

優しくて可愛い
大人しくて従順な
決して裏切らない

あなたはわた
わたしはあな
あなたはわたし
わたしはあなた
内緒の遊びをしましょうね
二人の秘密にしましょうね
優しくて可愛い
大人しくて従順な
決して裏切らない
優しくて可愛い
大人しくて従順な
決して裏
お人形は おとも
おともだちは お
お人形は おともだち
おともだちは お人形

ちょっと、何やってんのぉ——!?
きゃあああああああ
きゃああああああああ

鼓膜が破れんばかりの悲鳴に湯船を飛び出した私は、腰タオル一丁で実験室に駆けつけた。忘れてもらっては困るが、私は大きな音や騒々しいことが大嫌いだ。盛大に怒鳴り散らしてやろうと実験室のドアを蹴破れば、あらイヤだ。確か少し前にも同様のあられもない姿を人前に晒したことがあったと思うが、遙かにロマンチックな展開だったはずだ。更に今回は多少の油断も手伝い、腰タオルはあっけなく重力の法則に従った。ともかく私は風通しの良い股間のままに、この惨状を理解すべく――、

「ボヤットシテイナイデ、パーツヲ作業台ニ運ンデヨ」

たどたどしい日本語で喋ったのは、♪かーさんが夜なべーをしてー♪　じゃない！　私が老眼を酷使して完成させた縫合跡も生々しいヒトガタ『人造おともだち少女（以下、ジントモ少女）』だ。そ・し・て。このジントモ少女は、依頼主である夢子ちゃん（仮称）をあろうことかバラッバラに切り刻んでいやがった。

「ダッテコノ子、私ヲ人形ニシヨウトシタノヨ。今度ハ、コノ子ガ人形ニナル番ダワ」

「もしかしてこの血みどろベタベタな肉塊を人形にしろっての？」

「ソウヨ。博士ハ天才ダッテ、私ノ人形ガ言ッテタモノ」

「ふふん、私の天才ぶりも人形の耳にまで届くようになったか」

満更でもない気分でジントモ少女が差し出す夢子ちゃん（仮称）の手首を受け取った私は、瞬間湯沸かし器の如く沸点に達し凄まじい怒りに我を忘れた。

「こんなのダメ！　全然ダメェ！　切断面が美しくなーい!!」

鮮血滴る手首を放り投げた私はジントモ少女の胸倉を掴み、夢子ちゃん（仮称）の仕事が如何に素晴らしかったかを力説した。鋭利な刃物で一息に切断したからこそ、縫合も可能だったのだ。

「オ言葉デスガ、博士ハ別人ノ仕業ダト思ッテタンジャナイノ？」

「そうだったかしら？」

「ソンナコトヨリ、博士ノ下半身ナンテ見タクナインデスケド」

「う、うるさい！」

怒りにフル○ンであることも忘れていた私は、照れ隠しにジントモ少女を押しのけ、大急ぎで白衣を羽織った。

「――あらま」

少しばかり強く押してしまったのか、ジントモ少女はソファにぶつかってすっ転び、その拍子に首がもげていた。どうやら縫合が甘かったようだ。

「……」

――ゴロンと転がった人形の無機質な頭。

――作業台に鎮座する血に濡れた少女の生首。

「そうだ！　いっそのことジントモ少女と夢子ちゃん（仮称）を合体させちゃお♪」

素晴らしい閃きにいそいそと人形の頭を拾い上げた瞬間、私は自分の体が急に大きくなるのを、いや、世界がみるみる縮んでいくのを感じた――。

縦横に歪む空間を、人形はスカートの裾を翻して走り去る。
私はなす術もなく床に広がる大きな血だまりに倒れ込む。
白衣がじわじわと赤く染まっていく様を
作台の上の少女の生首がきょとんとした顔で見つめていた。

気がつくと私は、作業台の上に横たわる少女の前に立っていた。彼女が片腕に抱いているのは小さな人形だ。慎重に腕から引き離して観察してみると、人形は大して精巧な作りでもなく、丸みを帯びた関節をゴム紐で繋いだだけのものであることがわかった。もちろん喋ることはない……私が作り上げた等身大の人形は一体どこへ行ったのか？　少女の方はと言えば微かに呼吸はしているものの、手足が微妙に体からズレれていた。不思議なこともあるものだと思った。今思えば少女が持ち込んだアレは、元人間だったものだ。この少女は自分好みの友だちにするために、その人物を人形に作り直そうとしたのだろう。そして私は少女の望み通りに繋ぎ合わせ、結果的に生き返らせてしまった。意志を持った人形は、今度は少女を自分の人形に仕立てようと……たぶん彼女も友だちが欲しかったのだろう。少女の友だちはいつでも人形なのだから。

私は霞がかかったような頭で考える。

血に濡れたノコギリ？　刃の欠けたメス？

私は何をしていたのだろうか。

私は何をしようとしていたのだろうか。

何をしようとしていたのだろうか。

何…ヲ……シヨウト…シテ……。

分裂シタ思考ヲ繋ギ止メロ

ナニヲ……

ナニ……

ヲ………。

アリッタケノ錠剤ヲ

喉ノ奥ニ流シ込メ

しかし考えてもみたまえ。
そもそも人間と人形ではサイズが合わないではないか。
サイズ?　そんなことはどーでもいい。
ドクター・オッドの手にかかれば世界は自由に伸び縮みする。

さあ、狂気の施術を開始しよう。

どんな奇っ怪な少女人形が誕生するやら。
それは出来ての、お楽しみ!!

Dr.Odd's mad collections #06

複製マジック

Model：Chie Yamakawaya

いつも誰かの視線を感じる
私をつけ回すお前は誰だ

突然ですが、皆さんはストーキングをされたことがありますか？　一方的に関心及び好意を寄せ、対象者の行動等を逐一把握することに異様なまでに執着し、年中無休の終日営業さながら全精力を注ぎ且つ変質的につけ回すハタ迷惑極まりない振る舞い——それがストーカー行為です。ストーキングしている本人にしてみれば「こんなにこんなにアナタに一生懸命なのに、どーして振り向いてくれないの？」と、悲劇の主人公よろしく可哀相な自分に陶酔し、己の頭のネジがすっ飛んでいることにはこれっぽちも気づいていないのが特徴です、ちゃんちゃん。

何が言いたいかといえば、万年モテ期、永遠のモテオヤジにして驚異の天才科学者ドクター・オッドと万人に崇め奉られる人気者の私が、ストーキングされるのは日常茶飯、茶碗蒸しもセットで付いてくるくらい頻繁である、ということだ。あ、そこの君、くれぐれも「茶飯ではなく茶飯事の間違いでは」などと、つまらない指摘はしないでくれたまえ。最近は加齢のせいかすっかり角が取れて一段と懐の深い人間になったが、ユーモアを解さない、特に野郎は大嫌いだ。

とにかくストーカーの一人や二人、どうってことないのだが——何度か視界の端に捉えたその人物は、獰猛な殺気さえ感じるような不穏な空気を纏っていた。美女もしくは美少女に付きまとわれることはあっても、殺し屋に狙われるようなことはないと思うのだが……でもまあ、美女もしくは美少女が何らかの逆恨みをして殺し屋を雇うという可能性は無きにしも非ずだ。用心に越したことはないと思いつつも、懐の深い人間である私は（大切なことなので二回言う）、図らずも当該人物の入室を許してしまった。外出から戻り玄関ドアを開けようとした私を突き飛ばして侵入してきたのは、パーマもカラーもしていない天然の黒髪を短めに切り揃え、度の強そうなメガネをかけた如何にも優等生という感じのＪＫだ。

「ずいぶん威勢のいいお嬢さんだねー。でも人様の家に上がる時は、お邪魔します、くらい言った方がいいと思うよー」

どこかで会ったような気もしたが、私の周囲には天文学的数値で可愛い子ちゃんが存在しているので、一人一人を覚えておくのは困難を極める。しかしこのメガネっ娘、何だってこんなにおっかない顔をしているのかしら。

「ねえねえ、そんな怖い顔してたら眉間のシワが取れなくなっちゃうよー。若いうちはいいけど、おじさんくらいの年になってから後悔しても……って、ちょっとちょっと、なに勝手なことしちゃってんの——!?」

メガネっ娘は私に一切構わず、手当たり次第キャビネットや物入れなどを開けて引っかき回した。乱暴な上に騒々しいこと極まりない。忘れてもらっては困るが私の沸点はエーテル以下、あ、懐が深くなったことは忘れてくれたまえ。

「このクソガキァ！　しばくぞゴルァ！」

ふふ、ビビッて手を止めたな。

「どこに隠しているんですか」

「あん？」

「ですから、隠している場所を聞いています」

　相手が冷静だと調子が狂う。しかもこのメガネっ娘、本気で鬼の形相だよ？　ヤダ、怖ーい。

「ここに来たことはわかってますから」

「つまりお嬢さんは、私の実験及び研究室を訪れたであろう対象を探しにやってきた。うーん、それは人間？　動物？　それとも鳥？　魚？　虫？　仮に人間だとしたら、心当たりが多すぎて何と答えたら良いのやら悪いのやら」

「とぼけるのもいい加減にして下さい！」

　メガネっ娘は業を煮やした様子で眼鏡を投げ捨てた。

「君は、あの時の……？」

　確かに見覚えのある顔だった——数年前の秋、高校の新聞部に所属している少女が取材を申し込んできた。最初は学校新聞などお呼びでないと断ったが、記事が掲載されるのはそこそこ人気のある商業誌で多少の謝礼も出ると聞き、受けることにした。少女はとある雑誌社でアルバイトをしていたのだ。好奇心旺盛な少女は部屋にある様々なモノに興味を持ち、私が止めるのも聞かず、地下の保管庫へと向かった——。

　ふと気づくと、廊下の向こうに階段を降りていくメガネっ娘の後ろ姿が見えた。正確にはメガネを外した元メガネっ娘、ってそんなことはどーでもいい。それにしても面倒なことになったものだ。嫌な予感がする中、私はメガネっ娘の後を追いかけた。

保管庫の扉の前に佇むメガネっ娘の後ろ姿が見えた。

私の気配に彼女はゆっくりと振り返る。その顔には、いつの間にか投げ捨てたメガネがかけられていた。フレームが歪んでしまったのか少し鼻メガネになっているところが中々可愛い。相変わらず雰囲気や目つきはこれっぽっちも可愛くなかったけど。

「あのね君、そこはちょっとヤメといてくれるかな〜。てか、中は見ない方がいいと思うよ〜」

私は距離を取りつつ、できるだけ優しく声をかけた。

しかし私の言葉を遮るように、メガネっ娘は左の手をグーにすると壁を力任せに叩いた。鈍い音が響き、拳の下からコンクリの欠片がパラパラと剥がれ落ちる。驚いたことに、堅牢な壁に蜘蛛の巣状の亀裂が入っていた。

「ナニナニ？　アニメとかじゃないんだから――」

「……お姉ちゃんを返して」

「ハイ？」

「お姉ちゃんを返してよ！」

私の胸倉を掴んだ少女の顔からメガネが落ちる。

マズいと思った時には、私の爪先は床から浮いていた。

なんと彼女は、大人の男を片手で持ち上げてしまった。

物凄い力で体が揺さぶられ――、

次の瞬間、私は宙に舞い――、

保管庫の扉もろとも、中へと吹っ飛ばされた。

博士の保管庫の中には、色んなモノがあったわ。

不思議な仏像。
異国のお面。

奇妙な形の貝殻。
大きな珊瑚の置物。

精巧な人体模型。
美しい骨格標本。

可愛らしい稀少動物の剥製。
奇形種のホルマリン漬け。

私は高校生だけど記者だもの、
どんなモノでも驚かないし、
見てみたいし、触れてみたいの。

ねえねえ博士、これはなぁに？
手に取ってみても、いい？

思ったよりも、ずっと重たいわ。
抜くのにも力がいるのね。
すごい……これって本当に斬れるの?
きれい……なんて美しいのかしら。

なんだか変な気分だわ。
怖いような、でも……とても惹かれるの。

日本刀なんて初めてだもの。

もし、刃を向けられたらどんな気分かしら。

「——ここにある物の中で、あの子が一番興味を示したのは、その日本刀だよ。恐る恐る鞘から刀を抜くと、あっと可愛らしい声を上げてね。この薄暗い部屋で、あの子が掲げ持った刀だけが妖しく輝いていた。彼女は本当にうっとりと、夢見るような眼差しで刃《やいば》を見上げていたんだ。刃物には、そう、特に名刀と呼ばれるものには魔力のようなものが宿ると言われている。まあ私は科学的エビデンスのないものは信じないが、あの子が瞬時に、それもとても強くその刀に魅せられたことは確かだったよ、あー、イテテ」

「次にあの子が何をしたと思う？」

「……」

私は何とか体を起こし、近くの本棚に寄りかかった。左肩が外れていたが、あの怪力で飛ばされたにしては軽傷で済んだのは不幸中の幸いだ。

「そうそう、丁度そんな感じ。今の君と同じことをしたんだ。勇ましくて美しい少女剣士さながら、私の喉元に刃先を突き付けてね。中々カッコ良かったよ～、あ、もちろん君もね～」

「殺されそうになったから、お姉ちゃんを殺したの？」

「ト～ンデモない。私は彼女の願いを聞いてあげただけさ」

「お姉ちゃんの願い？」

「ドクター・オッドに不可能の文字はない——そのことを君のお姉ちゃんは良～く理解していたからね」

「お姉ちゃんは何を頼んだの？」

「質問が多いなぁ。少しは私の体のことも心配してくれたまえ」

「命の心配をした方がいいわ」

「ちょっとちょっと、おもちゃじゃないんだからアブナイって……はーぁ、確かにこの状況では君の方が有利であることに間違いない。で、何だっけ？」

「お姉ちゃんが頼んだことよ」

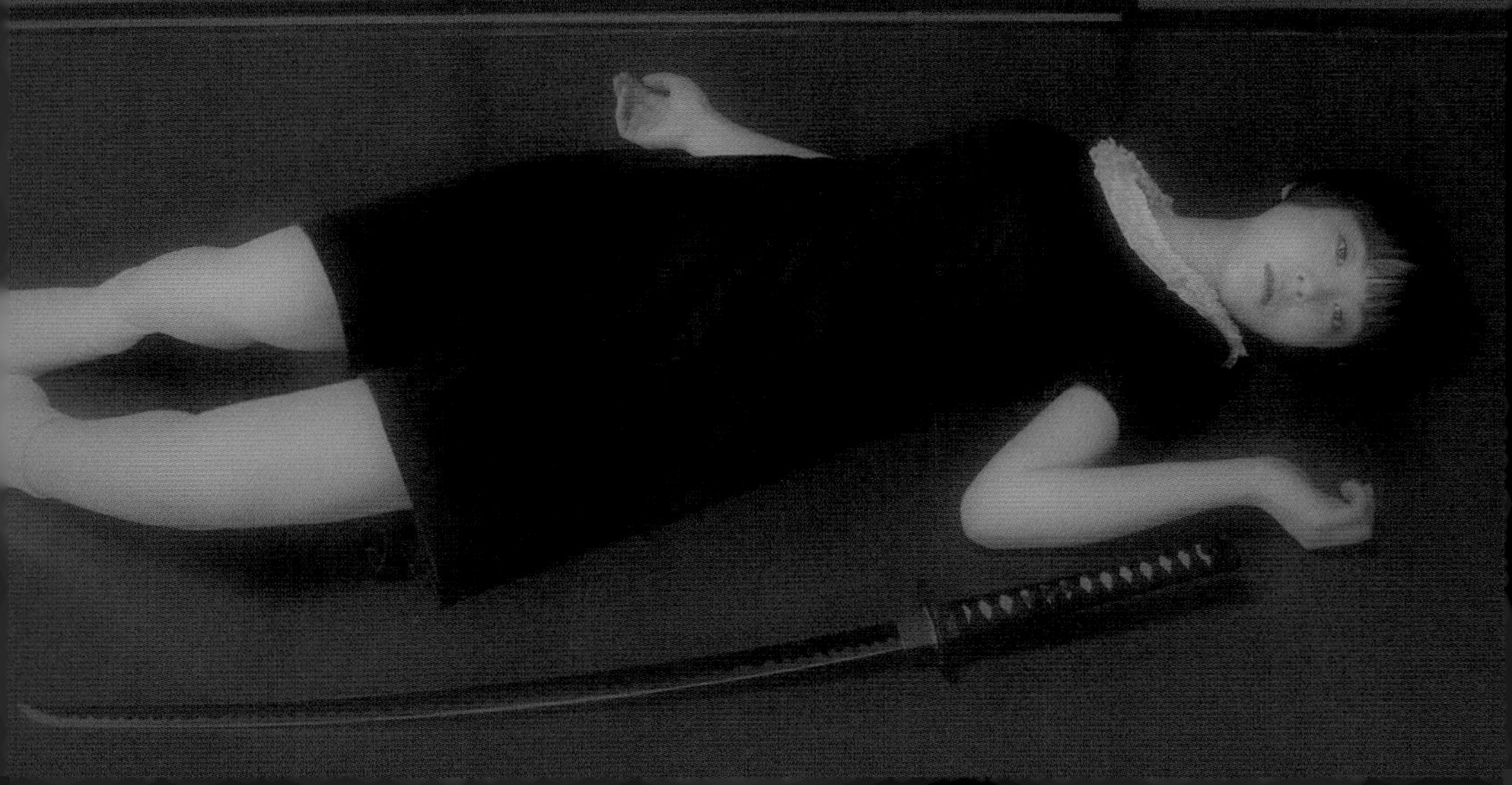

お前は誰だ？お前は誰だ？
お前は誰だ？

「あー、それね。なんで今更そんなこと……もうよく覚えてないし～」

「質問に答えて！」

「ハイハイ、えーと、簡単に言えば自分と瓜二つの、人間に見えるアンドロイドを作って欲しいと言ったのだった。初めはクローンのことかと思ったが、話を聞くとそうではないらしい。あくまで有機体ではない自分のコピーを望んでいた。

その頃、３Ｄ技術に関心を寄せていた私は、少女の提案に興味を持った。現在の技術を応用すれば、それらしい人間の見た目——外側部分を作ることはそう難しいことではない。問題はソフトの部分、つまり感情や思考回路までを完全にコピーした人工知能を搭載することだ。そのように限りなく人間に近いアンドロイドの制作に成功した者は、世界広しと言えども誰一人いない。

「——これこそドクター・オッドが成すべき偉業だと思わないかね」

「さっぱり意味がわからないわ」

「てか、意味わかンないのはこっちの方。あのさ、念のため聞くけど君のお姉ちゃんには双子の妹がいたよね」

「そうよ。それが私だわ」

「お姉ちゃんが行方不明になったのは、いつだっけ？」

「だから二年前」

「二年前、君と同い年のお姉ちゃんは高校三年生だった。今なら二十くらいか」

「そうね、まだ誕生日前だけど」

「で、同い年の君は、どうして高校生のママなんだい？」

少女の顔から表情が消えた。

力の抜けた彼女の手から刀を抜き取り、鞘に納める。

ふー、これでひと安心。

「そもそも君はどこから来たんだい？」

「どこからって……どこかしら?」

「ほ〜ら、わかンないだろ」

　コピーアンドロイドの完成品を仕上げるまで、さすがの私も試作品の制作と廃棄を繰り返した。処分といっても夜中にこっそり少し離れたに河川敷に置いて来るわけだが（不法投棄が怖くて研究できるか）、時々そのゴミが再起動して面倒を起こすことがあった。その度に後始末に出向くのもこれまた面倒なので、途中から試作品には誤作動を起こすと自動的に消滅する仕組みを搭載することにしたのだ。だがしかし、この装置を開発するのがまたまた面倒で、面倒の二乗いや三乗だったのである。

「あれ?　なんの話だっけ?　あ、そうそう自動消滅装置ね。仕組みをざっくり説明すると、誤作動と同時に強力な酸が内部で大量噴射して溶けてなくなっちゃうの。だからね、ココまで戻ってきた試作ちゃんは初めてなの。もう、ビックリ仰天」

　少女は相変わらずフリーズしたように硬直して私を見つめている。

「ともかく私は、お姉ちゃんの希望を叶えたんだよ。刀で脅されたけどね」

　ここだけの話、確かに脅されはしたが、少女の希望を聞き入れた本当の理由は、彼女の発想が面白いと思ったからだ。凡人ならアリバイ工作に自分のコピーを用意しようと考えるだろう。しかし彼女は消えてもらいたい相手のコピーを作れというのだ。当該人物がいなくなったとして、しばらくはコピーに日常を送ってもらい、然るべき時に処分すれば完全犯罪の出来上がり。多少詰めが甘い感じは否めないが、ともかく本人なしにコピーが作れるのは双子ならでは。こんな好機はめったにない。

「じゃあ私は……妹は一体どうしたの?」

「本体のことには興味ないんでね。でも完成品はちゃんと納品したよ」

　しかし結果的に周囲の人間、すなわち両親等に酷い混乱を招き（そりゃそうだ）、強い内部的負荷から誤作動を起こしてしまった。しかも自動消滅装置が働いた場所が悪かった。詳細は省くが、草木も眠る丑三つ時に突然出火して家屋は全焼。焼け跡からご両親と思われる焼死体と、もう一体謎の黒焦げ遺体が発見されたとか何とか。

「けっこうニュースになったんだよ、あ、知るわけないか」

「それでお姉ちゃんはどうなったの?」

「今更お姉ちゃんに会いたいなんて言わないでくれたまえ。とにかく原型はもうボロボロなんでね」

「お姉ちゃんは死んじゃったの?」

「君が想像するような姿ではないね。あー色々思い出してきた。思考回路の書き換えが大変だったんだよー。そもそも中身はお姉ちゃんなんだから――」

「でも私、自分がアンドロイドだなんて全然思わないわ。お腹も空くし、暑いとか寒いとか、痛いとか痒いとかも感じるもの」

「だーかーらぁ、そーゆー風に作ってあるの。とにかく君にはそろそろ停止してもらうよ。君は何番目だったかな、確か後期の試作品だったと思うけど、パワーコントロールに問題があってね。眼鏡に制御機能を付けたけど外すとさっきみたいに……てゆうか結果的に君って完成度高かったなあ。君のデータ、残っているかしら」

「ふざけるのもいい加減にして!　どう考えても変よ!　なんで私を殺すためにお姉ちゃんが原型になるの?　お姉ちゃんを帰したくなかっただけじゃないの?」


「君って、中々面白いことを言うね」

「君って、中々面白いことを言うね」

「君って、中々面白いことを言うね」

突然、体に衝撃が走った。

なぁんだ、腹に刀が突き刺さっているじゃないか。

あれあれ？　白衣に真っ赤な血が、どんどん広がっていくんですけど？

「私はコピーなんかじゃないわ！　死ね、キチ○イ！」

あ、それさ、引き抜いちゃダメなヤツだから。

あらら……　だからダメって……　言った　じゃ……ん……。

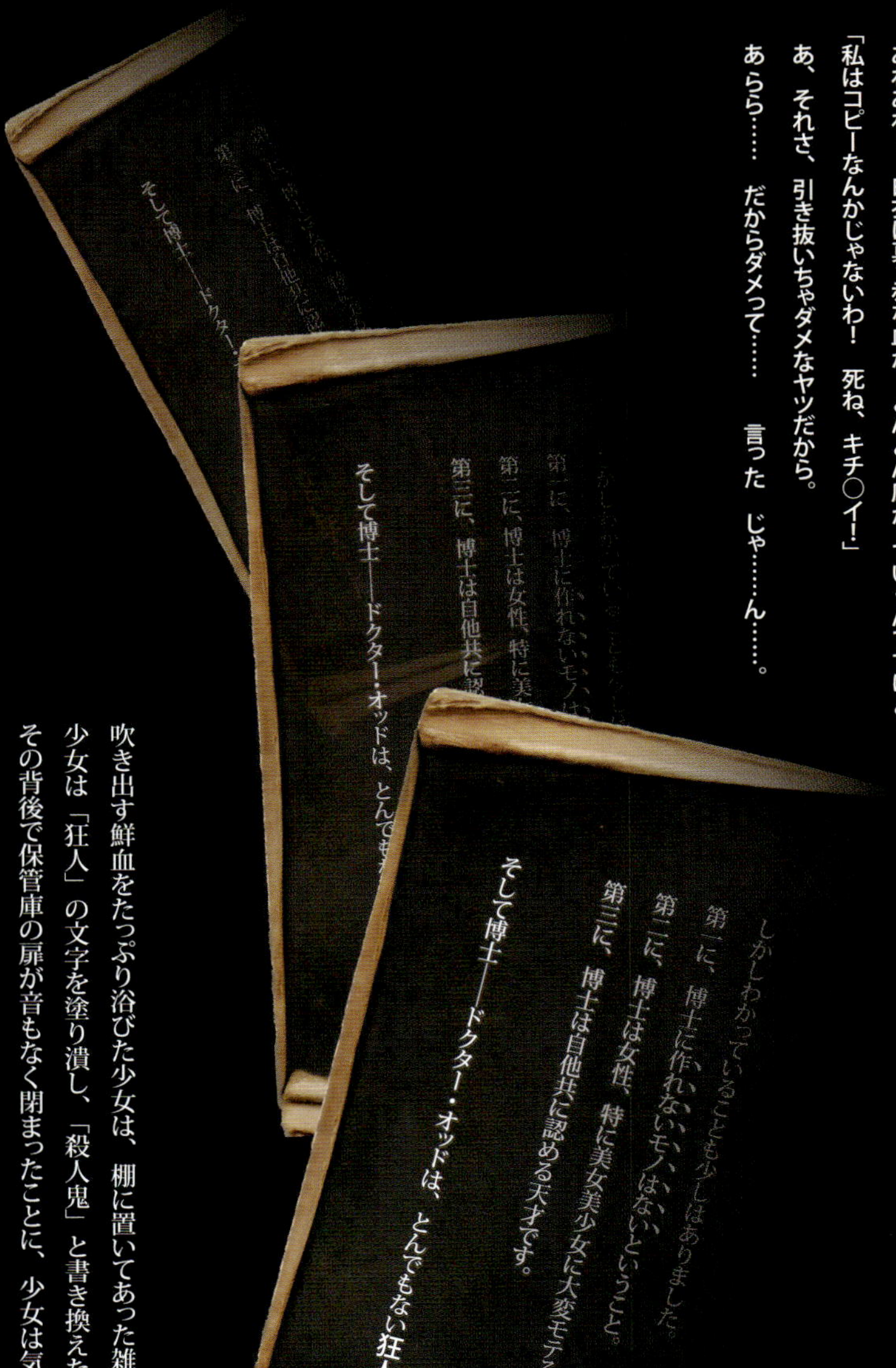
第二に、博士は女性、特に美女美少女に大変モテるということ。
そして博士——ドクター・オッドは、とんでもない狂人でした。

吹き出す鮮血をたっぷり浴びた少女は、棚に置いてあった雑誌を手に取った。

少女は「狂人」の文字を塗り潰し、「殺人鬼」と書き換えた。

その背後で保管庫の扉が音もなく閉まったことに、少女は気づかない。

その後の博士
——Dr.Odd's mad collections

さあ皆さん、ここまで存分に楽しんで頂けただろうか。私に対する賛辞は、友人知人は元より町内会のおじいちゃんおばあちゃんにも遠慮無く伝えてもらってかまわないが、期待外れだったとか時間の無駄だったとか、チンピラレベルのクレームは一切受け付けないので悪しからず。

そんなことより私は今、キョーレツに忙しい。何しろ一世一代のスペシャルプロジェクトに取りかかっている。誰しも薄々勘づいていると思うが、私のところには実に様々な見目麗しい少女たちが集まってくる——鍛え抜かれた完璧な肉体を持つメイド少女、溢れんばかりの胸が魅力的な機械少女、怪しい色香の漂う処女の未亡人、永遠の美少年となった涼しげな眼差しの少女、人形のように可憐で孤独な少女、そして可愛くって力持ちコピーのような双子の女子高生姉妹……もちろんここでは紹介しきれない少女たちも沢山いる。どの子も本当に美しかったし、愛すべき人物であった。惜しむらくは彼女たちが全員死……いや、何でもない。時に私のミューズとして、時に過酷な実験台として身を投じてくれた彼女たちと、もう一度乳繰り……もとい、再会を願うのは私だけではあるまい。

つまり、一世一代のスペシャルプロジェクトとは！

数々の伝説を作った彼女らが、再び微笑み！ 囁き！ 躍動する！

美少女たちの生ける図譜「Dr.Odd's mad collections」の制作であ〜る！

あ、そうだ。話は変わるが、この前暴れていた双子のメガネっ娘は少し勘違いをしていたのでここで訂正しておこう。件のインタビューをサブカル誌に掲載させたのは、あの子の姉ではなく、同じ編集部の（だったかな？）

女性記者だ。考えてもみたまえ、お姉ちゃんは私が拉致……もとい、取材後に失踪しているのだから原稿が記事になるはずもない。

ともかくあの時の美人記者だ。バイトの高校生がバックレたことを涙ながらに謝罪し、その潤んだ瞳を向けられた私はぶっ飛んだ。記者というよりモデルのような、ストライクゾーンど真ん中の容姿に見とれるあまり、うっかり無傷で帰してしまったことを悔やんでいたら、写真を撮りにまた来るなんて♡　怖いモノ知らずというか、飛んで火に入る夏の虫というか、度々引き寄せる運命的邂逅も天才故か。ヴィーナスのような彼女を未来永劫愛でたいと願ったのが、美少女コレクションの発端といっても過言ではない。しかしいくら天才の私とて、超高度な再生技術の開発には血の滲むような努力と時間が必要だった。でもご安心あれ。彼女は今も最高の保存状態でホルマリンのお風呂に浸かっている。私の技術も神の域に入ってきたので、そろそろ生き返えらせることにしよう。充分長湯しただろうし。

それにしてもこの部屋は一体ナンなのだ。頑丈な扉に鉄格子入りの窓、部屋の四隅には監視カメラまで付いている。キョーレツに忙しいはずの私は、ベッドの上で色んな管に繋がれちゃって拘束状態……あー、思い出した。あのメガネっ娘のせいで、死ぬとこだったのだ。しかし美中年にして天才科学者のドクター・オッドは自分の寿命さえ作り出す。腹の傷の一つや二つ

——てか、私をここから出せ！　今すぐ出さないと、美少女コレクションの刊行に支障が出るぞ！　全人類の損失だからな！　くっそぉー、人を危険人物扱いしやがって！　出せったら出せ、出せ出せ**出せ〜！**

Dr.Odd's mad collections

#00

サブカル雑誌の記者兼編集者。
ホルマリン保存より再生。

【モデル　吉岡愛花】

#01

特殊サービス業。
人体一体型メイド服より再生。

【モデル　七菜乃】

#02

スチームパンク大好き少女。
幽体離脱状態より再生。

【モデル　赤根京】

#03

生命保険外交員。
プラスティネーションより再生。

【モデル　黒い瞳】

#04

少年になりたい少女。
アート標本より再生。

【モデル　吉岡愛花】

#05

友だち募集中の女子大生。
四肢分離状態より再生。

【モデル　安寿子】

#06

新聞部所属の高校生記者。
コピーアンドロイドより再生。

【モデル　山川也ちえ】

Dr.Odd's another collections

黒木こずゑ 少女画集

Kozue Kuroki Gallery

物語から生まれた絵画世界

オッド博士、もう一つのコレクション

2017
KozueK

《 針とリボン 》

#01 彼女に一番似合う服 より

2017
Kozue K

《 遠くの国 》

#02 電脳機械少女 より

2017
Kozue.K

2017
Au revoir fille ...

#03 からくり未亡人 より

《 サヨナラ女の子 》

#04 僕ノ天使 より

2017

《 わたし と わたし 》

#05 おともだち より

《 少女の襟 》

#06 複製マジック より

最合のぼる

物語作家。映画脚本デビュー以降、ライトノベルや小説と執筆の幅を広げる。
小説では、レイアウトやタイポグラフィ等で視覚効果もある独特の物語空間を創り、
オブジェ制作や朗読など、文章表現を発展させた活動もしている。
主な書籍:『真夜中の色彩 闇に漂う小さな死』(黒木こずゑ共著)、『Shunkin 人形少女幻想』(Dollhouse Noah 共著)、『羊歯小路奇譚』(全てアトリエサード刊)など。

Dollhouse Noah

少女愛研究家。
心の中の妄想の少女をカタチにすべく人形制作開始、四谷シモン氏に師事。
音楽や演劇ともコラボレーションした展示活動を続けている。
近年は実在のモデルを撮影して美少女写真展も開催。
本書に於いては全てのモデルを選出、TH 連載時から多数の写真を撮り下ろした。

～初出一覧～

Who's Dr.Odd?	トーキングヘッズ叢書 no.60（「彼女に一番似合う服」より抜粋）
彼女に一番似合う服	〃
電脳機械少女	トーキングヘッズ叢書 no.61
からくり未亡人	トーキングヘッズ叢書 no.62
僕ノ天使	トーキングヘッズ叢書 no.63（掲載時タイトル「僕の天使」）
おともだち	トーキングヘッズ叢書 no.64
複製マジック	書き下ろし
その後の博士──Dr.Odd's mad collections	書き下ろし

※本書は雑誌掲載作に書き下ろしを加え、加筆修正し再構成した『オッド博士の美少女図鑑』の新装増補版です。

黒木こずゑ / 絵

福岡県出身。1999 年 九州デザイナー学院　アーティスト学科卒業。

2005 年 初個展『夜の足音』Glamorous Area（仙台）

2010 年 第二回個展『夜のためいき』ギャラリィ亞廊（福岡）他、グループ展多数参加。

主に鉛筆画に彩色した幻想的な少女作品を制作し、高い人気を得ている。

近年はテキスタイルの原画なども手がけ、更なる注目を集める。

オッド博士シリーズでは、中扉挿絵＆少女画を各話のイメージで描き下ろした。

～ Special Thanks ～

七戸　優　帯文寄稿　ロケ協力　#5 人形提供

村田兼一　画像編集協力

赤松和光 /KARZWORKS　#2 小道具提供

Pon-Galle Empire　ロケ協力

TH ART SERIES

オッド博士の マッド・コレクションズ

発行日　2018 年 3 月 10 日

著　者　最合のぼる
Dollhouse Noah

発行人　鈴木孝
発　行　有限会社アトリエサード
東京都新宿区高田馬場 1-21-24-301
〒 169-0075
TEL.03-5272-5037 FAX.03-5272-5038
http://www.a-third.com/
th@a-third.com
振替口座／ 00160-8-728019
発　売　株式会社書苑新社
印　刷　株式会社厚徳社
定　価　本体 2222 円＋税
ISBN978-4-88375-295-9 C0093 ¥2222E

www.a-third.com